KB252669

고양이의 글쓰기

고양이의 글쓰기

글쓰기를 어려워하는 당신을 위한 초간단 처방전

[행복한 교육®] 시리즈 NO.02

지은이 | 박기복
발행인 | 김경아

2026년 3월 10일 1판 1쇄 인쇄
2026년 3월 16일 1판 1쇄 발행

이 책을 만든 사람들
책임 기획 | 김경아
기획 | 김효정

북 디자인 | KHJ북디자인
경영 지원 | 홍종남
기획 어시스턴트 | 한선민, 박승아
제목 | 구산책이름연구소
교정 | 좋은글

종이 및 인쇄 제작 파트너
JPC 정동수 대표, 천일문화사 유재상 실장

펴낸곳 | 행복한나무
출판등록 | 2007년 3월 7일. 제 407-3990000251002007000008호
주소 | 경기 이천시 대월면 사동로 176, 2층 202호
전화 | 02) 322-3856 팩스 | 02) 322-3857
홈페이지 | www.ihappytree.com | bit.ly/happytree2007
도서 문의(출판사 e-mail) | e21chope@daum.net
내용 문의(지은이 e-mail) | yesreading@gmail.com
※ 이 책을 읽다가 궁금한 점이 있을 때는 지은이 e-mail을 이용해 주세요.

고양이의 글쓰기
| 박기복 지음 |
이 책의 '경험자 후기' 코너는 글쓰기 수강생이 쓴 글로,
글의 맛을 살리기 위해 최대한 원본을 유지하였음을 밝힙니다.
행복한 나무

차 례

고양이가 글을 써요

"첫 문장으로 독자를 붙잡아라!"

여러 글쓰기 책에서 강조한 글쓰기 비법 중 하나입니다. 저는 그 가르침에 따라 첫 문장을 잘 쓰기 위해 고심에 고심을 거듭했습니다. 제가 20여 년 동안 글쓰기를 가르쳤다는 사실을 썼다가 지웠습니다. 글쓰기가 10대뿐 아니라 성인에게 왜 필요한지 설명하는 문장도 마음에 들지 않아 삭제했습니다. 그 외에도 수십 줄의 문장이 첫머리에 올라왔다가 사라지거나 뒤로 밀려났습니다.

첫 문장에 붙잡히는 바람에 책을 쓰겠다고 마음먹은 지 일주일이 지나도록 단 한 줄의 원고도 쓰지 못했습니다. 첫 문장은 책의 핵심을 관통하고, 독자에게 이정표 역할을 해야 하며, 독자의 상상력을 자극하고, 독자가 책을 끝까지 읽도록 붙잡는 힘을 발휘해야 한다는 데, 그런 첫 문장을 쓸 자신이 점점 없어졌습니다. 첫 문장도 찾지 못했는데 글쓰기 책을 쓰겠다는 계획은 포기하는 게 낫지 않을까 고민했습니다. 그래도 나름 글쓰기를 오래 가르쳤는데 첫 문장에 막혀 집필을 포기했다고 하면 부끄럽기에 대충 첫 문장을 적었습니다. 여러분이 읽은 첫 문장은 그렇게 마지못해 탄생했습니다.

첫 문장의 관문을 간신히 지났습니다. 힘든 관문을 지났으니, 앞으로 탄탄대로가 이어지리라 믿었습니다. 그런데 새로운 벽이 저를 가로막았습니다. 첫 문장을 잘 쓰라는 원칙은 장난으로 보일 만큼 엄청난 장벽이었습니다.

"뻔한 문장을 버리고 신선한 문장을 골라라."

신선한 문장을 쓰라고 합니다. 생각이 아무리 좋아도 문장이 뻔하면 낡은 글이 되고 만답니다. 낡은 글은 독자들이 좋아하지 않는다고 합니다. 몇 줄 되지 않지만 제가 쓴 글을 읽어 보았습니다. 관대한 자세로, 넉넉한 아량을 발휘했지만, 제가 쓴 문장이 독자들에게 신선한 청량감을 주기에는 부족해 보였습니다.

첫 문장은 아무리 부족해도 어쨌든 단 하나의 문장이지만, '신선한 문장을 쓰라'는 지침은 제가 써 내려가는 모든 문장에 적용되어야 할 원칙이니 막막했습니다. 아무래도 저는 글쓰기 책을 쓸 재능이 모자란 듯했습니다. 글을 쓰겠다는 의지가 좌절감이라는 거대한 파도에 허망하게 흔들렸습니다.

저는 새로운 구원자에게 다급히 손을 내밀었습니다. 그 구원자의 이름은 '필사 노트'입니다. 좋은 문장, 멋진 문장, 가슴을 울리는 문장을 손으로 정성스럽게 기록하는 필사는 글쓰기에 관심이 있는 분들이라면 누구나 한 번쯤 해봅니다. 저에게도 필사 노트가 두툼하게 있습니다. 이 막막함에서 저를 구원해주길 간절히 바라며 필사 노트를 폈습니다. 필사 노트에는 훌륭한 문장이 많았습니다. 위대한 작가들이 남긴 멋진 문장이 넘쳐났습니다. 그런데 역효과가 났습니다. 필사 노트에 적힌 문장과 제 문장을 비교해 보니 제 문장이 더욱 초라해졌습니다. 글쓰기 책을 쓰고 싶은 의욕이 바닥으로 떨어졌습니다.

저는 다급하게 마지막 도피처를 찾았습니다. 바로 학교 교과서입니다. 교과서에는 글쓰기 방법론이 잘 정리되어 있습니다. 교과서에서는 먼저 글을 계획(A)하고, 다음으로 내용을 생성(B)하며, 그것을 조직(C)한 다음, 글로 표현(D)하고, 마지막으로 퇴고(E)하라고 가르칩니다. 교과서가 알려주는 글쓰기 방법론의 핵심은 D를 하기 전에 A~C 단계를 철저히 밟으라는 것입니다. 글의 주제와 목적을 명확히

하고, 예상 독자를 고려해서 꼼꼼하게 계획을 세우고, 주제를 뒷받침하는 내용을 풍부하게 조사하라고 합니다. 개요란 글 전체의 흐름을 한눈에 볼 수 있도록 정리한 것을 말하는데, 개요를 잘 작성해야 글을 잘 쓸 수 있다고 강조합니다. D단계인 실제 쓰기에서도 적절한 어휘를 고르고, 어법에 맞게 쓰며, 표현을 다양하게 하는 등 지켜야 할 사항이 여러 가지입니다. 이렇게 해야만 글을 잘 쓸 수 있다니 막막합니다. 저 원칙과 과정을 다 지키면서 글을 쓸 수 있을까요? 불가능해 보였습니다. 교과서의 가르침도 제게 아무런 도움이 되지 않았습니다.

지금까지 『고양이의 글쓰기』 책을 쓰기 시작하면서 제가 마주친 장애물을 간략하게 소개했습니다. 어쩐지 여러분도 겪어 본 익숙한 느낌이지 않나요? 글을 조금 더 잘 쓰기 위해 글쓰기에 관한 책을 사고, 인터넷에서 글 잘 쓰는 법에 대한 수많은 방법을 검색했는데, 도리어 그것들이 글쓰기에 방해가 되는 경험 말이지요.

운동을 잘하기 위해 배운 방법이 운동에 방해가 되면 그 방법은 잘못된 것입니다. 그 방법대로 운동하면 안 됩니다. 글쓰기도 마찬가지입니다. 글쓰기를 잘하기 위해 배운 방법이 글쓰기를 가로막는다면 그 방법은 부적절합니다.

저는 숱한 망설임과 장애물을 만났지만, 결국 이 책을 완성했습니다. 제가 포기하지 않고 끝까지 썼기에 독자 여러분이 이 책을 읽고 있습니다. 저는 첫 문장을 신중하게 선택하라는 지침을 따르지 않았습니다. 신선한 표현을 고르라는 조언도 무시했습니다. '개요를 탄탄히 하라', '자료를 풍성하게 조사하라', '예시와 비교를 적절히 사용하라', '비유와 묘사를 활용하라', '문장에 작가의 의도를 담아라' 따위의 권고도 지키지 않았습니다. 아무런 계획 없이, 손이 가는 대로, 흐릿한 방향만 정한 채 고양이가 놀듯이 글을 풀어 냈습니다. 본문에 경험담을 다양하게 담았지만 그것들을 체계적으로 정리하는 과정을 밟지 않았습니다.

다른 책도 아니고 '글쓰기 책'이기에 처음에는 욕심도 부려 봤습니다. '고양이의 글쓰기'라고 책 제목을 붙이고도, 고양이처럼 글을 쓰지 않고 기존의 글쓰기 책과 교과서가 알려주는 방식으로 글을 쓰려고 했습니다. 자칫하면 이 책이 제목과 달리 '고양이의 글쓰기'에서 크게 멀어질 뻔했습니다.

"고양이처럼 쓰세요."

'고양이의 글쓰기'는 제가 글쓰기 강의에서 가르치는 단 하나의 비법입니다. 새로운 방법, 신선한 표현을 배우기 위해 온 수강생들은 처음에 몹시 당황합니다. 뜬금없이 고양이를 거론하는 저를 의심의 눈초리로 째려보기도 하지요. 그렇게 글을 쓰면 안 되는 거 아니냐고 따지는 분도 간혹 있습니다. 그런데 제 설명대로 일단 해 보고 나면 다들 깜짝 놀랍니다. 이렇게 놀랍고 쉬운 방법이 있다니 하면서….

여러분은 지금부터 쉽고 재미있으면서도 매우 뛰어난 글쓰기 비법을 배우게 될 것입니다. 워낙 단순해서 이렇게 두꺼운 책도 필요 없습니다. '고양이처럼 쓰라'는 단 한 문장에 모든 의미가 담겨 있습니다. 그럼에도 이렇게 책을 쓰는 이유는 독자 여러분의 의구심이 사라지게 하고, 실천할 의지를 다지게 하며, 그 방법에 깔린 깊은 통찰을 새겨주기 위함입니다. 무엇보다 고양이의 글쓰기에는 일상을 쉽고 재미있게 누리는 방법도 녹아 있기에 굳이 한 권의 책으로 부풀렸습니다. 책은 메시지도 중요하지만, 책을 읽는 동안 그 메시지를 품고 익어 갈 시간을 충분히 제공하는 것도 중요하기 때문이죠.

고양이가 노닐 듯이 가볍게 이 책을 읽기 바랍니다. 그다음에 제가 알려드린 대로 고양이처럼 글을 써 보세요. 그렇게 하면 당신은 글을 쓰는 동안 고양이와 같은 자유로움을 경험하게 될 것입니다. 자기가 쓴 글을 읽으며 스스로 놀라게 될 것입니다.

자, 이제 당신의 손끝에서 기적이 펼쳐집니다. 고양이의 글쓰기가 당신의 깊은 심상 속에 숨어 있던 놀라운 문장을 밝은 빛의 세계로 끄집어냅니다. 기대하세요. 흙에 묻혀 있던 씨앗이 별이 되어 반짝이는 순간을….

고양이 준비운동

: 글쓰기 기초 쌓기 :

고양이의 글쓰기는 단순하고 확실하게 글솜씨를 키우는 방법입니다. 고양이의 글쓰기가 제대로 된 효과를 발휘하려면 먼저 두 가지 습관이 밑바탕이 되어야 합니다. 그 습관이 무엇인지 먼저 알려드리고 고양이의 글쓰기에 대해 설명하겠습니다.

고양이처럼 쓰기 위한 첫 번째 습관

저는 2011년부터 본격적으로 책을 펴냈는데, 한 해에 평균 5~6권

정도 썼습니다. 현장에서 강의하다 보면 그렇게 빠르게 책을 펴낸 비결을 궁금해하며 질문하는 독자를 종종 만납니다. 그런 질문을 받을 때마다 제 답변은 늘 똑같았습니다.

"늘 쓰면 됩니다."

남다른 비결을 바라던 이들은 제 답을 듣고는 크게 실망합니다. 글을 쓰려고 하다가도 막상 필기구를 들거나, 컴퓨터 앞에 앉으면 막막함에 첫 줄을 쓰기도 버거운 이들에게 글을 잘 쓰려면 '늘 쓰면 된다'는 하나 마나 한 답을 했으니 그럴 만도 하지요. 그렇지만 제 대답은 글을 잘 쓰는 첫 번째 비법이 맞습니다.

글을 잘 쓰려면 일단 써야 합니다. 뭐든 해야 늡니다. 하지 않고 어떤 것을 잘할 수는 없습니다. 요리를 잘하고 싶은 사람이 요리를 한 번도 안 해보고도 잘할 수 있을까요? 축구를 잘하고 싶은 사람이 공 한 번 차지 않고도 잘할 수 있을까요? 못할까 봐, 힘들까 봐, 어려울까 봐 안 하는 사람은 그 무엇도 이루지 못합니다.

많은 이들이 글을 잘 쓰고 싶어 합니다. 부모는 자녀가 글을 잘 쓰기를 바랍니다. 입시뿐 아니라 대학과 직장에서 성공하기 위해서도 글쓰기 실력이 뒷받침되어야 합니다. 무엇보다 일상을 넉넉하고 아름답게 가꾸는 데 필요한 능력이 글솜씨입니다. 글을 잘 쓰는 사람이 글을 잘 쓰지 못하는 사람보다 사회에서 더 큰 성취를 이루고, 내면의 삶을 더 넉넉하고 알차게 채울 가능성이 높습니다.

이렇게 필요한데 왜 사람들은 글을 늘 쓰지 않을까요? 왜 많은 이들이 글쓰기를 힘들게 여길까요? 제 생각에 그 이유는 두 가지입니다. 첫째는 글쓰기가 어렵다는 인식이고, 둘째는 글쓰기는 지루하고 재미없다는 인식입니다. 이 둘은 서로 얽혀 있습니다. 어려우니 재미없고, 재미없으니 어렵다고 느낍니다. 쉬우면 재미있게 즐길 수 있고, 재미있으면 어려움을 이겨 낼 수 있습니다.

저는 글쓰기 강좌를 할 때마다 수강생들에게 글쓰기가 재미있는지 묻습니다. 그 질문에 재미있다고 대답하는 수강생은 흔치 않습니다. 어른들은 그나마 몇 명 있는 편인데, 학생들은 한두 명 찾기도 쉽지 않습니다. 수학이 즐겁고 재미있다고 답하는 학생보다 글쓰기가 재미있고 즐겁다고 답하는 학생이 더 적은 듯합니다. 왜 싫은지 물으면 짜증과 불만이 섞인 이유가 쏟아집니다. 그러한 답변을 쭉 듣고 난 뒤에 저는 질문을 살짝 바꿔서 물어봅니다.

"SNS나 메신저에 글을 쓸 때도 재미없나요?"

이번에는 정반대 반응이 나옵니다. 대다수는 즐겁다고 말하고, 극소수만 재미없다고 합니다. 부정적으로 답변하는 이들조차 글쓰기가 부담스러운 게 아니라, SNS나 메신저를 이용하는 것에 대한 거부감입니다. 많은 이들이 SNS나 메신저에 글을 쓰는 걸 좋아합니다. 이상하지 않습니까? 분명히 글쓰기를 싫어한다고 했는데, 글쓰기를 좋아하다니 앞뒤가 안 맞습니다. 또한 메시지를 보내거나 SNS에 글을 쓰는 것이 어렵다고 말하는 사람은 아무도 없었습니다. 글쓰기는 재미있을 뿐만 아니라, 어렵지도 않다는 뜻입니다.

이쯤 되면 독자 여러분이 살짝 당황하는 모습이 보이는 듯합니다. 강의에 참석한 수강생들도 마찬가지 반응이었습니다. 분명히 자신은 글쓰기를 싫어하거나 어렵다면서도 글쓰기를 좋아하고 즐기거든요. 도대체 이게 어떻게 된 일일까요?

가만히 제 첫 번째 질문과 두 번째 질문을 비교해 보세요. 첫 번째 질문에서는 '그냥' 글쓰기에 관해 물었습니다. 두 번째 질문에서는 여러분이 '늘' 하는 SNS와 메신저 글쓰기에 관해 물었습니다. 그러니까 여러분은 '그냥' 글쓰기는 재미없고 어렵지만, '늘' 하는 글쓰기는 좋아하고 잘합니다. '늘' 하기 때문에 어렵다는 생각조차 하지 않습니다. 재미있기 때문에 '늘' 글쓰기를 즐깁니다. 왜 '늘' 써야 하는지 이제 아시겠죠? 우리는 재미있어서 '늘' 하기도 하지만, '늘' 하면 익숙해져서 자기도 모르게 재미를 느낍니다.

글을 잘 쓰고 싶나요? 그렇다면 일단 '늘' 쓰십시오. 잘 쓰든 잘 쓰지 못하든 상관없습니다. 틈만 나면 글을 가지고 노세요. 문장을 잘 써야 한다는 강박관념은 버리세요. 멋진 표현으로 글을 꾸미겠다는 욕심도 버리세요. 그냥 쓰세요. 글쓰기가 습관이 되면 여러분은 일단 글을 잘 쓸 수 있는 토대를 탄탄히 마련한 것입니다.

고양이처럼 쓰기 위한 두 번째 습관

늘 쓰면 글솜씨가 는다고 하자마자 꼭 다음과 같은 질문을 하는 수강생이 있습니다.

"저는 맨날 메신저와 SNS를 이용합니다. 날마다 글을 쓰지만 막상 제대로 글을 쓰려고 하면 어렵습니다. 작가님은 늘 쓰면 글솜씨가 좋아진다고 했는데 이게 어떻게 된 거죠?"

정확한 지적이며 핵심적인 질문입니다. 많은 사람들이 '날마다', '늘' 문자와 SNS를 붙잡고 지내는데도 글솜씨가 늘지 않는 까닭은 무엇일까요? 그 이유는 간단합니다. 바로 길게 쓰지 않기 때문입니다. 문자를 보낼 때, SNS에 글을 올릴 때 당신이 쓴 글의 길이를 보세요. 글이 길다는 느낌이 드시나요? 당신이 글을 잘 쓰는 사람이 아니라면, 글쓰기를 즐기는 사람이 아니라면, 당신이 쓴 글은 대부분 짧을 것입니다.

중학생들과 글쓰기 수업을 하다가 이런 대화를 나눈 적이 있습니다.

"쌤께 글쓰기를 배우면서 바뀐 게 있어요."

"그게 뭔데?"

"뻥튀기를 잘하게 됐어요."

"뻥튀기?"

“네! 학교에서 글쓰기를 시키면 할 말이 없어도 부풀려서 쓸 줄 알게 됐어요.”

옆에 있던 학생들도 동의했습니다.

“맞아요. 감상문을 쓰라고 하면 옛날에는 한두 줄 쓰면 쓸 말이 없어서 머리가 아팠는데, 이제는 쓸 말이 없어도 한 장을 꽉 채울 수 있어요.”

“학교에서 하는 글쓰기가 쉬워졌어요.”

참 놀라운 발전입니다. 그게 뭐 대단한 능력이어서 자랑하느냐고 비웃을지 모르겠지만, 길게 쓸 줄 아는 학생과 그렇지 못한 학생이 쓴 글을 비교해 보면 얼마나 대단한 능력인지 깨닫게 됩니다.

대다수 학생은 글을 길게 쓰기 어려워합니다. 어떤 질문을 받으면 두어 줄로만 답을 쓰고 더는 쓰지 못합니다. 논쟁이 심각하게 벌어지는 주제로 의견을 물어도 ‘나는 ~~~ 생각합니다. 왜냐하면 ~~~ 때문입니다.’ 하는 형식으로 쓰고는 다른 생각을 덧붙이지 못합니다. 경험담을 글로 풀어내라고 시켜도 별반 다르지 않습니다. 몇 줄 쓰고 나면 더는 쓸 게 없다고 필기구를 놔 버립니다.

생각을 길게 풀어내지 못한다면 그 학생이 지닌 생각과 지식이 딱 그 수준이라는 뜻입니다. 이는 학교 교육의 한계이기도 합니다. 학교에서는 보통 단답식으로 정답을 말하면 채점하고 마무리하는 교육만 합니다. 서술형 시험에서도 많은 문장으로 이루어진 답을 요구하지 않습니다. 한두 문장 정도로 답할 수 있는 문제만 나옵니다.

촌철살인, 시적인 표현을 하려는 의도가 아니라면 일단 글은 무조건 길게 써야 합니다. 길게 쓰는 만큼 글솜씨가 늡니다. 글은 짧게 쓰면 실력이 늘지 않습니다. 물론 어느 경지에 이르면 글을 목표에 맞게 압축해서 쓰는 능력이 필요합니다. 그러나 처음에 글쓰기 실력을 키울 때는 되도록 길게 써야 합니다. 어떻게든 늘려서 쓰면 글쓰기 실력이 늡니다. 물론 늘려서 쓸 때 앞에 썼던 문장을 계속 반복하는 식으로 쓰면 안 되고, 앞부분과 다르게 하면서 길게 써야 합니다.

길게 쓰는 것은 단지 글의 길이가 늘어난다는 뜻이 아닙니다. 한 생각을 글의 길이만큼 길게 풀어서 설명할 수 있다는 뜻입니다. 논리력도 그만큼 갖추었다는 의미입니다. 글을 잘 쓰려면 다양한 능력이 있어야 하지만, 제가 꼽는 핵심 능력이 바로 논리력입니다.

예를 들어 보죠. 소설은 논리력과는 거리가 먼 장르처럼 보입니다. 소설을 잘 쓰기 위해서는 상상력이 가장 중요한 것 같습니다. 그러나 제가 보기에 소설가에게 가장 필요한 능력은 논리력입니다. 논리력이 없으면 소설을 제대로 쓰기 힘들다고 생각합니다. 왜냐하면 소설이란 '진실을 담은 그럴듯한 거짓말'이기 때문입니다. 소설에는 삶과 사회의 진실이 담기지만, 그 이야기는 실재가 아닙니다. 작가가 지어낸 이야기(거짓말)입니다. 소설은 '지어야' 하기에 상상력이 가장 필요한 재능이라고 여깁니다. 그렇지만 '짓다'보다 중요한

요소가 바로 '그럴듯한'입니다. 소설은 필연성과 논리성을 갖추어야 합니다. 그럴듯하지 않은 소설, 개연성을 갖추지 못한 소설은 제대로 된 작품이 아닙니다.

작품에 나오는 인물, 사건은 그럴듯해야 합니다. 그럴듯하다는 말이 무조건 현실적이어야 한다는 뜻은 아닙니다. 작가가 창조한 세상 안에서 독자가 납득할 만한 개연성을 갖추어야 한다는 뜻입니다. 소설뿐 아니라 웹툰, 드라마, 영화도 마찬가집니다. 시청자는 그럴듯하지 않은 드라마를 보면 '막장 드라마'라고 부릅니다. 싸우고 다투고 더러운 인간관계가 얽혔다고 무조건 막장 드라마라고 부르지 않습니다. 개연성이 있으면 아무리 심한 갈등과 폭력이 나와도 막장 드라마가 아닙니다. 막장 드라마는 개연성이 없는 작품을 비판하는 용어입니다.

흔히 소설가는 '잡학다식' 해야 한다고 말합니다. 왜 그럴까요? 소설을 쓰려면 그 분야에 대해 정확히 알아야 하기 때문입니다. 질병에 관한 소설을 쓰려면 의학 지식을 알아야 하고, 역사에 관한 소설을 쓰려면 역사를 알아야 하고, 법률 다툼을 다루려면 법을 알아야 합니다. 정확한 정보를 모르고 글을 쓰면 글이 둥둥 떠다니게 되고, 재미가 없습니다. 그럴듯하지 않게 되죠.

그러니 '잡학다식'은 단순히 지식이 많아야 한다는 뜻이 아니라 '논리적인 전개'를 위해서 해당 분야의 지식을 정확히 알아야 한다는 뜻입니다. 정확한 지식이 있어야 논리적으로 글을 구성할 수 있죠. 그래서 소설가가 되려면 공부를 많이 하고, 다양한 분야를 섭렵해야 합니다. 작가가 되지 않더라도 글을 잘 쓰기 위해서는 그 분야를 잘 알아야 합니다. 잘 아는 걸 잘 쓰죠. 잘 아는 분야는 자연스럽게 논리적 정합성을 갖추게 됩니다. 논리를 갖추지 않은 상상과 주장은 그저 망상일 뿐입니다.

그렇다면 길게 쓰기와 논리력은 무슨 관계가 있을까요? 먼저, 길게 쓴다는 것은 그만큼 꼼꼼하게 쓴다는 뜻입니다. 오늘 있었던 일을 다른 사람에게 글로 전달한다고 생각해 보세오. 글을 길게 쓰려면 오늘의 경험을 자세하게 풀어놔야 합니다. 기억을 꼼꼼하게 떠올리고, 세부적으로 묘사해야만 길게 쓸 수 있습니다. 그래서 길게 쓰려고 노력하다 보면 꼼꼼하게 관찰하고 기억하는 힘이 길러집니다.

다음으로, 길게 쓴다는 것은 글의 흐름을 일관되게 끌고 가는 힘이 있다는 뜻입니다. 책 한 권을 쓴다는 말은 책 한 권을 쓸 만큼 긴 논리를 풀어 갈 역량을 갖추었다는 의미입니다. 생각을 끌고 갈 힘이 부족하면 짧은 글밖에 쓸 수 없습니다. 그래서 길게 쓰는 것을 습관화해야 합니다. 논리력을 갖춰야 길게 쓸 수 있지만, 역으로 길게 쓰려고 노력하다 보면 논리력이 저절로 길러집니다.

글을 잘 쓰고 싶나요? 그렇다면 늘 쓰고, 일단 쓰면 길게 쓰십시오. 잘 쓰든 잘 쓰지 못하든 상관없습니다. 글쓰기를 시작했으면, 할 수 있는 한 최대한 길게 글을 쓰세요. 메신저를 이용할 때도 단어 몇 개나 짧은 문장으로 보내지 말고 여러 문장으로 이루어진 글을 써서 보내세요. SNS에 사진을 올리고 짧은 문장 뒤에 해시태그만 주렁주렁 달지 말고 길게 설명과 느낌을 적어 보세요. 물론 공책에 필기구를 들고 손으로 길게 쓰면 더할 나위 없이 좋습니다.

늘 !

길게 !!

고양이의 글쓰기를 위해 갖춰야 할 두 가지 습관입니다.

글을 길게 쓰는 훈련법

글을 길게 쓰라고 하면 비슷한 문장을 반복해서 쓰는 경우가 많습니다. 특히 10대 청소년들이 글을 쓸 때 그런 경향이 두드러집니다. 같은 표현을 반복하면 아무리 글을 길게 써도 글솜씨가 늘지 않습니다. 새로운 내용과 문장을 덧붙이며 계속 이어 가야 하는데 그게 생각보다 쉽지 않습니다. 글을 길게 쓰는 힘을 기르려면 어떻게 훈련해야 할까요? 방법은 서사문 쓰기에 있습니다.

이오덕 선생님은 '글쓰기의 기본은 서사'라고 하셨습니다. 일이 일어난 순서대로 쓰는 글이 '서사문'입니다. 하루 동안 겪었던 일을 있는 그대로 쓰면 서사문이 됩니다. 생활 속에서 겪은 일을 있는 그대로 옮겨 적은 글이 생활글인데, 생활글의 핵심이 바로 '서사'입니다. 예능 프로그램에 연예인들이 나와서 자신들의 경험담을 재미나게 들려주는 경우가 많은데 그걸 그대로 옮기면 '서사'가 됩니다. 입담이 좋은 연예인들은 '말'로 '서사'를 하는 능력이 뛰어납니다. 그렇다면 글쓰기에서 왜 서사가 기본일까요?

서사는 사건이 벌어진 순서대로 씁니다. 학생의 생활로 예를 들어보죠. 아침에 일어나고, 몸을 씻고, 밥을 먹고, 가방을 들고 학교에 갑니다. 학교에 가서 오전 공부를 하고, 점심을 먹고, 놀고, 오후 공부를 합니다. 방과 후에는 학원에 갑니다. 이 순서는 바뀌지 않습니다. 일과를 글로 쓴다면 대체로 이 순서대로 씁니다. 오후 공부를 마친 뒤에 오전 공부를 할 수는 없습니다. 학교에 가지도 않았는데, 학교에서 점심을 먹을 수는 없습니다. 앞일이 있어야 뒷일이 벌어집니다. 앞일은 뒷일이 벌어지는 밑바탕입니다. 서사문을 쓰다 보면 이처럼 인과관계에 따라, 논리적으로 글을 쓸 수밖에 없습니다.

글을 쓸 때 어려운 것 중 하나가 구성입니다. 문장과 문장을 엮어 문단을 만들어 내고, 문단과 문단을 엮어 한 편의 자연스러운 글을 구성하는 것은 꽤 까다롭습니다. 글을 다 써 놓고 읽어 보면 부분적으로는 좋은데, 전체적으로는 흐름이 어색한 경우가 많습니다. 구성이 부드럽고 치밀해야 좋은 글이 됩니다. 구성 능력을 기르려면 글을 흐름대로 쓸 줄 알아야 합니다. 글을 흐름대로 쓰는 능력은 '서사문'을 열심히 쓰면 향상됩니다. '서사'는 사건이 벌어진 순서대로 쓰는 글이기 때문에 서사문을 많이 쓰면 흐름에 맞게 글을 쓰는 요령을 자연스럽게 터득하게 됩니다.

그래서 글을 길게 쓰는 능력을 기르려면 서사문을 길게 쓰는 연습을 자꾸 해야 합니다. 날마다 자신이 겪은 일을 길게 쓰라고 하니 바로 떠오르는 글쓰기가 있죠. 맞습니다. 바로 '일기'입니다. 결국 일기가 글쓰기 실력을 키우는 가장 좋은 방법입니다.

서사문이란 다름 아니라 이야기입니다. 이야기는 처음과 끝이 있고, 그 안에서 사건이 펼쳐집니다. 사건을 잘 전달하려면 내가 기억하는, 내가 겪은 이야기를 상대방 머릿속에 그대로 전달하겠다는 마음으로 써야 합니다. 내 머릿속을 복사해서 상대편의 머릿속에 붙여 넣기를 하겠다는 마음으로 글을 쓰는 것이죠.

현실을 복사해서 붙여 넣듯이 글쓰기를 하는 좋은 훈련법 중 하나는 '초 단위로 쪼개 쓰기'입니다. 어떤 특별한 사건이나 장면을 글로 옮길 때 두루뭉술하게 쓰지 말고, 일어난 일을 '초 단위'로 나눠서 쓰는 것입니다. 1초를 10등분으로 나눠서 쓸 수도 있습니다. 대화든, 동작이든, 풍경이든, 사건이든, 감정이든 상관없습니다. 그냥 쪼

갤 수 있는 한 최대한 세세하게 쪼개서 적는 것입니다. 그게 무엇이든 세세하게 기억해서 쓰려고 하면 어려움이 닥칠 것입니다. 우리가 일상을 살면서 그렇게 깊게 관찰하며 살지 않기 때문이지요. 인간은 특별한 경우가 아니면 일상을 그렇게 꼼꼼하게 기억하며 살지 않습니다. 인간의 기억은 동영상 파일이 아니거든요.

요즘은 해외여행을 다녀온 분들이 꽤 많습니다. 그런 분들에게 여행이 어땠냐고 물어보면 세세하게 이야기를 들려주는 사람이 그리 많지 않습니다. 몇 가지 풍경, 맛있게 먹은 음식, 간단한 에피소드 정도만 들려주고 맙니다. 기억도 별로 없고, 느낌도 별로 없습니다. 시간이 지나면 그런 여행은 다녀왔다는 기억 말고는 아무것도 남지 않습니다. 그런데 여행기를 잘 쓰는 분들의 글을 읽어 보면 다릅니다. 여행을 즐기던 어떤 순간의 장면과 사건, 생각과 느낌을 세세하게 그려냅니다. 독자는 마치 함께 여행하는 듯한 착각에 빠집니다. 꼼꼼한 글쓰기가 발휘하는 힘입니다.

꼼꼼한 글쓰기, 초 단위로 쪼개서 풀어내는 글을 쓰려면 일상의 어느 순간을 깊고 자세하게 보고 기억하고 느껴야 합니다. 보통 사람은 특별한 사건이 아니면 일상을 그냥 흘려보내기 때문에 세세하게 기억해서 쓰기 어려워합니다. 그러니까 글을 잘 쓰려면 일상을 세심하게 관찰하고 기억하는 힘이 필요합니다.

하루 내내 그럴 필요는 없습니다. 그냥 어느 한순간만 깊게 느끼고 관찰하고, 기억한 뒤에 글로 옮기면 됩니다. 바라보고 기억하십시오. 그리고 표현력은 생각지 말고 그 기억을 그대로 옮겨 보세요. 그렇게만 해도 글쓰기 솜씨는 저절로 길러집니다.

결국 글솜씨는 일상을 대하는 태도와 이어집니다. 일상이 충실하면 글도 충실해집니다.

앞 장에서 '그냥' 글쓰기는 싫은데 SNS나 메신저 글쓰기는 좋아하는 이유가 '늘' 쓰기 때문이라고 했습니다. 그런데 '늘' 쓰는 것보다 중요한 이유가 있는데, 그것은 바로 '평가'입니다. 많은 사람들이 부담스러워하는 것은 '그냥 글쓰기'가 아니라 '평가받는 글쓰기'입니다. 학생 때부터 글쓰기는 늘 평가의 대상이었습니다. 편하게 글을 쓴 적이 거의 없지요. 내 글이 이러쿵저러쿵 평가를 받는 게 싫습니다.

그에 반해 메신저와 SNS에 쓰는 글은 평가받지 않습니다. 누가 빨간펜으로 첨삭하거나 점수를 매기지 않습니다. 메신저와 SNS에 쓰는 글은 '소통'하기 위해 씁니다. 물론 SNS에 쓰는 글도 '좋아요' 개수나 '댓글'에 얽매이면 부담스러워집니다. '좋아요'와 '댓글'이 평가로 작동하면 SNS에 쓰는 글도 스트레스가 됩니다. '좋아요'와 '댓글'에 얽매이지 않는다면, 당신은 SNS를 통해 다른 사람과 생각을 나누고, 자기 생각을 표현하는 글쓰기를 좋아할 것입니다. 자신과 마음이 맞는 사람과 소통하면서, 그 사람의 생각을 편견 없이 읽고, 내 느낌에 공감하는 것을 보며, 당신은 글쓰기에서 행복을 느낄 것입니다.

공부를 싫어하는 학생들이 참 많습니다. 그런데 호기심은 호모 사피엔스의 본성이고, 호기심을 채우려면 배우고 탐구해야 합니다. 즉, 인류는 공부를 좋아할 수밖에 없는 본성을 타고났습니다. 그럼에도 학생들이 배움을 싫어하는 까닭은 '시험을 위한 공부'이기 때문입니다. 즉 남들의 평가가 싫은 것입니다. 평가를 좋아하는 인간은 흔치 않습니다. 자신에 대한 결정권을 오롯이 남에게 넘기고, 남에 의해 삶의 틀이 바뀌는 걸 즐길 사람은 거의 없죠.

싫어하는 걸 잘하는 사람은 극히 드뭅니다. 좋아하는 걸 잘하기가 훨씬 쉽죠. 그러니 먼저 내가 글쓰기를 싫어한다는 인식부터 바꿔야 합니다. 내가 싫어하는 것은 글쓰기가 아니라 평가임을 잊지 마세요. 내 글을 삐딱하게 노려보는 타인의 시선만 없다면, 아니 타인의 삐딱한 시선이 있다고 하더라도 그러한 시선을 무시할 수 있다면 글쓰기는 즐거운 놀이가 됩니다.

고양이를 닮은 글쓰기

저는 세 마리의 고양이를 키웁니다. 첫째는 흰 양말을 신은 까만 냥, 둘째는 노란색을 두른 치즈냥, 셋째는 활기찬 고등어냥입니다. 셋 다 성격이 참 다르지만, 한 가지 공통점이 있습니다. 바로 제멋대로란 점입니다. 고양이는 사람의 말을 듣지 않습니다. 자신이 원하는 대로만 합니다. 어쩌다 집사의 부탁을 들어주지만, 그건 집사가 시켜서가 아니라 자신이 하고 싶었기 때문입니다. 그래서 품에 안겨 오면 은혜를 입은 듯 행복합니다. 어쩌다 애교라도 부리면 **뼈**까지 녹아 내립니다.

고양이는 사람의 시선 따위는 고려하지 않습니다. 자신의 욕구를 감추지 않습니다. 하고 싶은 행동을 절제하지 않습니다. 실수했다고 해서 후회하며 곱씹지 않습니다. 고양이는 지금, 이 순간을 살며, 자기 욕망에 따라 자유롭게 움직입니다. 자유로운 고양이처럼 글쓰기도 자유로워야 합니다.

'고양이의 글쓰기'란 평가에서 벗어나, 부담 없이, 내 마음이 가는 대로, 아무 생각 없이 빠르게, 거침없이 쓰는 것입니다. 생각을 깊게 하지 말고, 쓰고 싶은 주제나 소재를 정했으면 거침없이 빠르게 쓰는 것입니다. 그 어떤 사람의 평가도 생각하지 말고, 글이 제대로 흐름에 맞게 가는지도 따지지 말고, 제대로 쓰겠다는 목표도 버리고, 그냥 무의식에 맡기고 손이 가는 대로 글을 쓰면 됩니다. 과연 그렇게 쓴다고 글쓰기 실력이 늘까요? 네, 늡니다. 그 어떤 글쓰기 방법보다 확실한 효과를 발휘합니다. 아무 생각 없이, 생각을 비우고, '손이 가는 대로' 최대한 빠르고, '길게' 쓰는 것을 '늘' 반복하면 글솜씨는 무조건 향상됩니다.

보통 학교에서는 미리 글감을 떠올리고, 글을 어떻게 쓸지 계획을 세운 뒤, 꼼꼼하게 문장을 구성하면서 쓰라고 하죠. 문장 하나에도 심혈을 기울이라고 합니다. 미리 잡아 놓은 구성에 맞게 글을 쓰려고 노력해야 한다고 말하죠. 글쓰기와 관련된 책들도 대부분 그런 식으로 글쓰기를 하라고 말합니다. 물론 그런 지침이 틀리지는 않습니다. 그렇게 쓸 수만 있다면 그리 쓰면 좋죠.

안타깝게도 대다수는 미리 계획하고, 짜임새 있게 글을 쓰라고 하면, 무척 힘들어합니다. 하려고 발버둥질하다가 포기해 버리는 경우도 비일비재합니다. 오랫동안 글을 써서 꽤 훈련된 작가도 철저하게 계획해서 쓰는 게 쉽지가 않습니다. 세상 살아가는 일도 그렇죠. 계획한 대로 실행하면 좋지만, 그렇게 살기 쉽지 않습니다. 글쓰기도 세상 살아가는 일 가운데 하나입니다. 다를 리 없죠.

계획해서 쓰기가 쉽지 않기도 하지만, 그보다 더 중요한 지점이 있습니다. 바로 고양이의 글쓰기가 계획해서 쓰기보다 훨씬 좋은 글을 창작하는 방법이란 점입니다. 다음은 카를 루트비히 뵈르네[1]가 쓴 '사흘 안에 독창적인 작가가 되는 법'이란 글인데, 고양이의 글쓰기를 해야 하는 이유를 명쾌하게 설명합니다.

사흘 안에 독창적인 작가가 되는 법

사흘 안에 라틴어나 그리스어. 혹은 프랑스어에 능통하게 해 준다거나, 단 세 시간 안에 회계학을 정복하게 해주겠다는 사람이나 책은 무수히 많다. 그런데 아직 사흘 안에 독창적이고 훌륭한 작가가 되는 비법을 알려주는 사람은 아무도 없다. 그런데 그 비법은 무척 쉽다. 아무것도 배우지 않아도 된다. 다만 배우지 말아야 할 것은 꽤 많다.

…… (중간 생략) ……

개성은 없으면서 어떻게든 참신한 발상으로 승부를 보려는 작가가 많다. 그런 작가들은 뛰어난 동료 작가를 넘어서길 원한다. 그러려면 비교되어야 하고, 그러기 위해 같은 물에서 논다. 넘어서기 위해 같은 길에 머문다. 그래서 좋은 작가나 나쁜 작가나 모두가 뻔한 글만 쓴다. 좋은 작가든 나쁜 작가든 오십보백보다. 같은 길에서 한 걸음 더 앞선다고 해서 그게 무슨 대단한 자랑이겠는가?

---

1 (Karl Ludwig Börne) 1786년~1837년. 정의와 자유의 가치를 실현하기 위해 치열하게 글을 쓴 독일의 기자. 그는 유머와 기교, 객관성과 화려함을 갖춘 문체를 구사했다. 그가 쓴 '사흘 안에 독창적인 작가가 되는 법'이란 글은 프로이트에게 큰 영향을 끼쳤다고 한다.

지금까지 내가 말한 원리를 활용해 독창적이고 훌륭한 작가가 되는 방법을 설명하겠다. 먼저 여유로운 시간을 넉넉하게 마련한다. 잘 쓰겠다는 마음, 좋게 보이겠다는 위선을 버린다. 그다음에 글을 쓴다. 마음에 떠오르는 대로 정직하게 쓴다. 자기 자신, 이성, 전쟁, 최후의 심판, 직장 상사에 관한 생각을 손이 가는 대로 풀어낸다. 그렇게 사흘 동안 마음껏 쓰다 보면 여러분은 전혀 존재하지 않았던 새로운 생각이 담긴 글을 보고 깜짝 놀랄 것이다. 여러분의 글은 달라졌다. 이것이 바로 사흘 안에 독창적인 작가가 되는 비결이다!

무의식의 힘

프로이트는 우리의 정신 구조를 의식, 전의식, 무의식으로 나누었습니다. 의식은 자신이 자각하는 생각이나 감정이고, 전의식은 지금은 자각하지 않지만 언제든지 의식으로 끌어올릴 수 있는 정보이며, 무의식은 저 깊은 내면에 자리 잡은 채 행동과 감정에 영향을 주는 심리를 말합니다. 프로이트는 무의식을 '빙산의 아랫부분'으로 비유합니다. 우리가 자각하는 의식은 빙산의 일부이며, 대부분의 정신 활동은 무의식에서 이루어진다고 보았습니다. 심리학자 융은 '우리의 내면에는 우리가 모르는 다른 존재가 있다'고 주장했습니다. 우리가 모르는 다른 존재가 바로 무의식입니다. 무의식 속의 나는 의식하는 나와는 전혀 다른 존재처럼 느껴집니다.

최신 뇌과학의 연구에 따르면 정신세계에서 일어나는 일의 대부분은 의식의 통제를 받지 않는다고 합니다. 뇌에서 일어나는 의사 결정의 대부분은 의식이 개입하지 않는 가운데 일어납니다. 만약 의식이 뇌의 활동에 간섭하면 뇌의 효율이 급격하게 떨어집니다. 기타를 치는 음악가가 의식적으로 손을 움직여 코드를 잡으려고 하면, 제대로 된 연주를 하지 못합니다. 운동선수가 의식적으로 몸을 쓰려고 하면, 그 선수는 경기에서 이기기 힘들 것입니다. 목수가 의식적으로 나무를 다듬고, 벽돌공이 의식적으로 벽돌을 쌓는다면 그 사람은 초보자일 확률이 높습니다. 그래서 어떤 일을 수행할 때 의식을 사용하지 않는 편이 훨씬 효율적입니다. 신체 에너지의 20%를 쓰는 뇌는 어떡하든 에너지를 아껴 효율적으로 일을 처리하려고 시도합니다.

의식은 뇌에서 벌어지는 일을 마지막에 알게 됩니다. 의식은 익숙하지 않은 일이나 영역에서 간신히 자신의 역할을 조금 수행합니다. 의식은 뇌의 중심이 아닙니다. 의식은 뇌의 가장 먼 자리에 머물며 뇌에서 벌어지는 사건을 마지막으로 듣기만 합니다. 의식이 없는 곳에서 뇌로서 진짜 역할을 하는 것이 바로 무의식입니다.

루트비히 뵈르네는 의식하지 말고, 제 마음속에서 떠오르는 대로 거침없이 풀어놓으라고 합니다. 자기 무의식 속에 떠오르는 생각들을 용기 있게 꺼내놓으라고 합니다. 다른 사람의 목소리가 아니라, 자기 내면에 울려 퍼지는 진리에 귀를 기울이라고 합니다. 루트비히 뵈르네가 말하는 글쓰기 원리가 바로 '고양이의 글쓰기'입니다. 즉, 의식이 아니라 무의식에 뿌리를 둔 글쓰기입니다. 의식보다 무의식이 훨씬 깊고, 풍부하며, 창의성이 넘치기 때문에 무의식에 기반한 '고양이의 글쓰기'가 의식에 기반한 '계획하며 쓰기'보다 훨씬 뛰어난 글을 쓰게 만듭니다.

음악가, 운동선수, 목수, 벽돌공이 작업할 때 의식을 사용하면 엉망진창이 되는데 글쓰기라고 다를까요? 글쓰기에 의식이 개입하면 글은 제대로 뻗어나가지 못하고 엉망진창이 됩니다. 그러니 글은 고양이처럼, 자유롭게, 손이 가는 대로, 의식의 개입 없이 써야 합니다.

"글쓰기에 무한한 자유를!"

이것이 바로 고양이의 글쓰기가 지향하는 가치입니다.

역설 의도와 글쓰기

빅터 프랭클은 『죽음의 수용소에서』를 쓴 유명한 작가로, 나치 강제 수용소에서 겪은 생존 경험을 바탕으로 로고테라피(Logotherapy)라는 독자적인 심리치료 이론을 발전시킨 인물입니다. 그는 인간 존재의 핵심 동기를 '의미를 찾으려는 의지'로 보고, 의미를 통해 삶의 고통과 갈등을 해결하는 길을 모색했습니다. 그가 제시한 로고테라피에서 사용하는 심리치료법 중 하나가 '역설 의도'입니다. 역설 의도는 문제를 피하지 않고 일부러 그 문제를 경험하려고 시도함으로써 심리적인 문제를 해결하는 치료법입니다.

빅터 프랭클은 우리가 특정한 두려움이나 증상을 억누르려고 할수록, 그것이 오히려 더 강해지는 역설적인 결과를 초래한다고 보았습니다. 예를 들어 수면장애를 겪는 사람이 '잠을 반드시 자야 한다'라는 압박을 받으면 받을수록 더 잠을 이루지 못하게 됩니다. 긴장이나 공황도 마찬가지입니다. 어떤 특정한 감정을 피하려고 '의식적'으로 노력하면 할수록 그 감정은 더욱 존재를 드러내며 정신을 얽어맵니다.

그러한 상황에서 빅터 프랭클이 제시한 치료법이 바로 '역설 의도'입니다. 고통을 주는 원인을 피하려 하지 말고 '의도적'으로 그것을 해 보려고 노력하는 것입니다. 수면장애를 겪는 사람에게는 "오늘 밤은 절대 잠들지 말고, 자신이 어떤 상태인지 시시각각 기록하라."는 과제를 내줍니다. "치료를 위해 중요하니 절대로 잠들지 말고 자세히 관찰해서 적으라."고 강조합니다. 그러면 그전까지 잠들기 위해 노력하던 그 사람은 이제 잠들지 않기 위해 노력하게 됩니다. 그 노력은 역설적인 효과를 발휘합니다. 잠들지 않으려고 노력하다가 잠에 빠지게 되는 것이지요.

　발표 불안을 겪는 사람에게는 "오늘은 일부러 말을 더듬어 보라."
고 요구합니다. "오늘은 일부러 말을 더듬으려고 노력하세요. 더듬
을 때 정신이 어떤 방식으로 작동하는지 확인해야 하니 최대한 많이
더듬어야 한다."고 요구합니다. 그러면 그전까지 말을 더듬던 그 사
람은 억지로 더듬으려고 노력하게 되고, 그로 인해 도리어 말을 더
듬는 행위가 어색해지면서 말을 더듬는 두려움에서 벗어납니다.

　이러한 전략은 두려움의 메커니즘을 무력화시키는 동시에, 환자
가 자기 증상을 객관적으로 관찰하는 '거리두기'를 할 수 있도록 도
와줍니다. 불안을 제거하려는 태도에서 벗어나 일부러 불안을 능동
적으로 맞이하고, 비웃음으로써 불안을 자기 힘으로 통제하는 힘을
얻게 됩니다. 불안과 공포를 조롱하면서 두려움을 이겨 내고 실수에
서 벗어납니다.

　마음은 아이러니하게도 잊으려는 대상은 더 잘 기억하고, 피하려
는 시련에 자신을 더 얽어맵니다. 코끼리를 생각하지 말라고 하면 코
끼리를 더 기억하게 되고, 불안에 떨지 말라고 하면 불안에 더 떨게
됩니다. 글쓰기도 마찬가집니다. 글을 잘 쓰려고 하면 글을 잘 쓸 수
없습니다. 잘 쓰겠다는 마음을 버리면 오히려 글을 잘 쓸 수 있습니
다. 고양이의 글쓰기는 잘 쓰려는 의도가 개입하지 않는 글쓰기입니
다. 엉망으로 글을 써도 괜찮다는 자유 선언입니다.

당신이 글쓰기를 힘들어하는 이유에는 글쓰기에 대한 두려움이 있을지도 모릅니다. 고양이의 글쓰기는 평가에 마음을 두지 않고, 잘 쓰겠다는 마음도 버리고, 손이 가는 대로 쓰기 때문에 두려움이 사라집니다. 그냥 빠르게, 길게 쓰기만 하면 됩니다. 그밖에는 아무런 조건도, 제약도 없습니다. 그래서 평소에 글쓰기를 두려워하던 사람도, 몇 줄의 문장을 쓰면 글이 막혀서 답답해하던 사람도, 고양이의 글쓰기를 하면 아무렇지 않게 긴 글을 쓸 수 있습니다.

글쓰기를 싫어하는 학생도, 원고지 1장을 채우기 힘들어하는 학생도, 고양이의 글쓰기를 하면 대략 5분에서 6분 사이에 원고지 500자를 거뜬히 채웁니다. 10분을 주면 거의 대다수 학생이 원고지 800~1,000자를 써냅니다. 보통 학교에서 수행하는 글쓰기가 원고지 600자에서 1,000자 분량인 걸 고려하면 고양이의 글쓰기가 얼마나 대단한 효과를 발휘하는지 감이 올 것입니다. 물론 어른들은 학생들보다 더 자유롭고 편하게 긴 글을, 그것도 멋지게 써냅니다. 이러한 글쓰기가 가능한 이유가 바로 역설 의도에 있습니다. 잘하려는 마음이 없으니 도리어 잘하게 되는 것이죠. 사랑을 받으려고 노력하지 않고 제멋대로 구는 고양이가 사람에게 더 많은 사랑을 받는 이유도 이와 비슷하지 않나 싶네요.

무위(無爲)의 글쓰기

고양이의 글쓰기는 동양철학에서도 그 원리를 찾을 수 있습니다. 〈장자〉 '달생편'에는 활쏘기 내기를 하는 글이 실려 있습니다. 내기에 질그릇을 걸면 다들 제 실력을 발휘해 활을 잘 쏩니다. 질그릇은 흔한 물건이기에 얽매이지 않기 때문이죠. 조금 귀한 허리띠 고리를 걸고 내기를 하면 달라집니다. 맞추지 못하면 손해를 보기 때문에 마음이 쓰입니다. 그래서 제 솜씨를 발휘하지 못하고 화살은 과녁의 중심에서 벗어납니다. 만약에 황금이 내기에 걸리면 어떨까요? 절대 지면 안 됩니다. 꼭 이겨야 합니다. 승부에 집착합니다. 그러니 눈이 침침해지고 손이 떨립니다. 화살이 과녁을 크게 벗어나 엉뚱한 데로 날아갑니다. 세 가지 경우를 비교해 보세요. 활을 쏘는 솜씨는 달라지지 않았습니다. 달라진 것은 내기에 걸린 물건, 정확히는 활을 쏘는 궁사의 마음입니다. 잘하겠다는 의도가 높아질수록 자기 솜씨에서 멀어집니다.

어떤가요? 정확하게 '고양이의 글쓰기'에 대한 이론을 정리한 글로 읽히지 않나요? 빅터 프랭클의 역설 의도와 동일한 원리죠?

다음은 〈장자〉 '대종사편'에 나오는 구절입니다.

어느 날, 공자와 제자인 안회가 '좌망(坐忘)'에 대해 대화를 나눕니다.

안회   저는 나아진 바가 있습니다.

공자   무엇이 나아졌느냐?

안회   인의를 잊었습니다.

공자   좋지만, 아직 부족하다.

얼마 뒤 안회가 공자를 찾아갔습니다.

안회   저는 나아진 바가 있습니다.

공자   무엇이 나아졌느냐?

안회   예악을 잊었습니다.

공자   좋지만, 아직 부족하다.

며칠이 지나고 안회가 다시 공자를 찾아갔습니다.

안회   저는 나아진 바가 있습니다.

공자   무엇이 나아졌느냐?

안회   저는 좌망을 하게 되었습니다.

공자가 놀라며 물었습니다.

공자　좌망이란 무엇이냐?

안회　손발이나 몸을 잊고, 귀와 눈의 감각에서 벗어나며, 지식의 속박에서 벗어나 위대한 도와 하나가 되는 것을 좌망이라고 합니다.

공자　도와 하나가 되니 좋고 싫음이 없고, 만물과 더불어 변화하니 자유로워졌구나. 과연 현명하다! 나도 네 뒤를 따르고자 한다.

좌망을 글쓰기에 연관을 짓자면 '얽매이지 않는 쓰기'라고 할 수 있습니다. 속박에서 벗어나 자유로워지는 것, 그것이 바로 '좌망의 글쓰기'입니다. 〈장자〉의 핵심 철학인 '무위(無爲)'도 글쓰기와 연관 지으면 같은 뜻이 됩니다. 무위는 '억지로 무언가를 하지 않고, 자연스러운 삶의 흐름에 따르는 태도'입니다. 의식을 내려놓고, 뜻하는 바 없이, 자유롭게, 흐름이 가는 대로 글을 쓰면 바로 '무위의 글쓰기'가 됩니다. 좌망의 글쓰기, 무위의 글쓰기는 모두 제가 강조하는 '고양이의 글쓰기'와 완벽하게 일치합니다.

수영할 때 초보자는 힘을 잔뜩 쓰지만, 능력자는 힘을 뺍니다. 골프 초보자는 잔뜩 힘을 주어 스윙을 하지만, 고수는 힘을 빼고 부드럽게 채를 휘두릅니다. 운동에서 힘을 빼라는 뜻은 의식의 개입을 최소화하라는 것입니다. 잘하겠다는 마음을 버리고, 그저 몸이 가는 대로, 자연스러운 움직임에 모든 것을 맡기라는 뜻입니다. 무위의 운동, 좌망의 운동입니다. 글쓰기든 운동이든 뭐든 정말 잘하려면 잘하겠다는 의식을 버려야 합니다.

고양이의 글쓰기와 자기 성찰

이제까지 제가 강조하는 '고양이의 글쓰기'를 읽으면서 당신은 어떤 글쓰기가 떠오르지 않나요? 우리는 이미 고양이의 글쓰기를 한 적이 있습니다. 어떤 글을 쓸 때 그랬을까요? 그렇습니다. 바로 '일기'입니다. 일기는 늘 씁니다. 누가 볼지 염두에 두지 않기 때문에 손이 가는 대로 씁니다. 할 말이 많으니 길게 씁니다. 감시에서 벗어나, 완벽하게 자유로운 상태에서 쓰는 일기가 바로 '고양이의 글쓰기'입니다.

루트비히 뵈르네는 솔직한 글을 쓰려면 용기가 필요하고, 생각하기를 두려워하면 나아가지 못하며, 여론의 검열은 독재 정부의 검열보다 더 억압적이라고 말합니다. 당신이 글쓰기를 두려워하는 것은 솔직해질 용기가 없기 때문이며, 당신의 생각을 있는 그대로 펼치면, 타인에게 지적을 받을지도 모른다는 두려움 때문입니다. 여론의 검열, 다른 사람의 평가는 내면의 목소리를 위축시킵니다.

여러분은 『안네의 일기』(안네 프랑크)를 읽어보셨는지 모르겠습니다. 『안네의 일기』는 10대 유대인 소녀가 나치 독일의 학살을 피해 암스테르담의 어느 구석진 공간에서 지내며 쓴 일기입니다. 갇힌 공간에서 안네는 살기 위해, 자기를 잃지 않기 위해 글을 씁니다. 책을 내기 위해 쓴 글이 아닙니다. 오직 자신을 제대로 만나기 위해 쓴 글입니다. 누구에게 보이기 위해 쓴 글이 아니기에 솔직합니다. 그 솔직함이 『안네의 일기』가 오래도록 명작으로 살아 숨 쉬는 이유입니다.

『안네의 일기』를 읽다 보면 문장과 내용이 점점 발전하는 것이 느껴집니다. 글에서 안네의 정신이 성장하는 것이 보입니다. 이는 단순히 안네가 나이를 먹으며 이루어지는 성장이 아닙니다. 일기를 쓰면서 자신을 탐색하고 세상에 대해서 고민하였기 때문에 이루어 낸 성장입니다.

나는 내 작품에 대해 가장 좋은, 그리고 가장 엄격한 비평가야. 어디가 잘 되었고, 어디가 서투른지를 알고 있어. 글을 쓰지 않는 사람은 글쓰기가 얼마나 즐거운 일인지를 모를 거야. 전에는 그림을 못 그리는 것이 억울했는데 지금은 적어도 글을 쓸 수 있다는 사실에 한층 더 행복을 느끼고 있어. 비록 책이나 신문 기사를 쓸 만한 재능은 없다 하더라도 내 자신에 대해서는 언제든지 쓸 수 있어.

『안네의 일기』 중에서

당신은 어떤가요? 안네처럼 언제든지 자신에 대해 쓸 수 있나요? 쉽지 않습니다. 이 글을 쓰는 저도 저 자신에 대해 쓰는 건 늘 힘겹습니다. 그 힘겨움을 이겨 내고 자신에 대해 쓸 때 세상에서 유일무이하며 진솔하고 소중하고 멋진 글이 탄생합니다.

나는 지금 미쳐 버린 시대에 미쳐 버린 환경 속에서 살고 있지. 이런 환경 속에서 적어도 가장 보람찬 순간은 내 생각이나 감정을 글로 쓰는 때란다. 그러한 순간마저 없었다면 나는 벌써 질식해 버리고 말았을 거야.

『안네의 일기』 중에서

글을 쓸 때 여러분은 어떤 감정인가요? 뭔가 자신을 멋지게 꾸미고 싶은 마음이 드나요? 아니면 세상의 부조리를 낱낱이 파헤치고 고발하고 불만을 터트리는 글을 쓰고 싶나요? 아니면 누군가를 향해 매서운 칼날을 날리고 싶나요? 무엇이든 좋습니다. 그 글이 무엇이든 마음껏 쓰세요. 여러분의 손끝에서 피어나는 글은 여러분 내면에 웅크린 느낌이며 생각입니다. 무의식에 흐르는 것들을 끝없이 탐색하다 보면 자기의 내면은 더욱 탄탄해지고 멋진 통찰로 가득 차게 될 것입니다. 글솜씨가 향상되는 성과는 그저 덤으로 주어지는 부수적인 효과일 뿐입니다.

고양이의 글쓰기 훈련법

이제까지 '고양이의 글쓰기'에 담긴 원리를 알려드렸으니, 고양이의 글쓰기로 글솜씨를 키우는 훈련법을 알려드리겠습니다. 이 훈련법으로 날마다 글쓰기를 해 보세요. 꾸준히 하면 놀라운 효과를 경험하게 될 것입니다.

○ 연습할 공책을 마련합니다. 훈련할 때는 컴퓨터 자판기가 아니라 손으로 쓰는 것이 좋습니다. 손이 생각의 속도를 따라가지 못하는 단점이 있지만, 글에 정성이 들어가고 손으로 쓸 때의 촉감이 글쓰기에 대한 친밀감을 키워줍니다. 무엇보다 공책에 손으로 글을 쓰면 내가 쓴 글에 대한 애정이 더 생깁니다.

○ 글을 쓰기 전에 주제나 소재를 정합니다. 자기가 쓰고 싶은 주제를 정해도 되고, 다른 사람이 제시해 준 소재도 좋습니다. 주제나 소재에는 제한이 없습니다. 어떤 것을 글감으로 해도 괜찮습니다.

○ 글을 쓰기 전에 30초쯤 잠깐 생각합니다. 너무 많이 계획하지 말고, 글의 앞부분에 쓸 내용만 잠깐 떠올립니다. 계획을 많이 하면 자유로운 글쓰기가 되지 않습니다. 어떤 사건이 펼쳐질지 모르는 미

지의 이야기를 기다리는 마음으로 글을 씁니다.

○ 글을 쓸 시간을 정하고 스마트폰에 있는 스톱워치 앱을 누릅니다. 훈련을 위해 제가 권해드리는 적절한 시간은 7~8분입니다. 글쓰기가 익숙하지 않은 학생은 5분도 좋습니다. 손으로 글을 쓰기 때문에 10분이 넘어가면 힘듭니다. 7~8분을 목표로 쓰면 3~4분까지는 자신의 의도한 글이 나오지만, 그 시간을 넘어가면 자신의 의도에서 벗어난 글이 나옵니다.

○ 글을 쓸 때는 처음부터 끝까지 빠르게 씁니다. 주제에 대충 부합하는 내용이면 되고, 나머지는 제약이 없으므로 쓰고 싶은 내용을 자유로운 형식으로 씁니다. 최대한 빨리 종이를 채우겠다는 마음으로 글을 씁니다. 중요한 것은 속도입니다. 늦추지 마세요. 멈추지 마세요. 결승선을 향해 질주하는 단거리 육상 선수처럼 달려가듯이 글을 쓰세요. 물론 자신이 쓴 글씨를 알아볼 수 있게 또박또박 써야 합니다. 글을 빨리 쓰려는 마음에 글씨체를 너무 흐트러트리면 안 됩니다.

○ 글을 쓰는 도중에 앞에 자기가 무엇을 썼는지 읽지 않습니다. 지금 쓰는 글 앞에 적힌, 이미 쓴 글은 절대 읽으면 안 됩니다. 앞에

쓴 글을 읽으면 의식이 개입합니다. 의식이 개입하면 고양이의 글쓰기에서 벗어나게 됩니다. 오직 그 순간 떠오르는 대로 쓰는 데만 집중합니다. 글의 흐름이 이상하게 뒤틀려도 괜찮습니다. 고양이의 글쓰기에서 이상한 글이란 없습니다. 100m 달리기 선수가 달리면서 뒤를 돌아보지 않는 것처럼, 고양이의 글쓰기를 할 때는 앞만 보고 나아가야 합니다.

○ 혹시 연필로 글을 쓴다면 지우개를 쓰지 않습니다. 틀려도 괜찮으니 그냥 계속 씁니다. 틀린 문장에 마음을 두면 시간이 늦어지고, 의식이 개입합니다. 생각하지 마시고, 그냥 쓰십시오. 지우개는 쓰지 마세요. 멈추면 안 됩니다. 잘못 쓴 문장도 그냥 두세요. 문장이 마음에 안 들면 그냥 마침표를 찍거나 찌~익 줄을 긋고 다음 문장으로 넘어갑니다.

○ 시간이 다 되면 멈추고 한 번 쭉 눈으로 읽으면서 아주 조금만 고칩니다. 내용이 마음에 들지 않는다고 바꾸거나, 맥락에 맞게 쓴다면서 수정하겠다고 글을 많이 고치지 마세요. 이 글쓰기는 철저히 훈련이기 때문에, 일단 썼으면 되도록 그냥 두십시오. 고양이처럼 놀았다면 그 결과를 즐겁게 받아들이세요.

○ 자신이 쓴 글을 소리 내어 읽습니다. 소리 내어 읽다 보면 자기 습관이 있는 그대로 드러나고, 어떤 부분을 개선해야 할지 스스로 깨닫게 됩니다. 물론 깨달았다고 해서 이미 쓴 글을 다시 고칠 필요는 없습니다. 그냥 다음에는 더 잘 써야지 하는 결심만 하면 됩니다.

○ 글을 잘 썼느니, 못 썼느니 따위로 평가하지 않습니다. 마음에 들지 않는다 해도 자책은 금물입니다. 원래 마음대로 쓰다 보면 이상한 글이 나오는 경우가 많습니다. 그러니 평가하려는 마음은 버리세요. 만약 부모가 자녀분에게 (혹은 선생님이 학생에게) 고양이의 글쓰기를 시키는 경우라면 절대 평가하지 마세요. 글에서 재미난 부분이 있으면 웃고, 슬픈 부분이 있으면 살짝 눈물을 훔치면 됩니다. 반응만 하고 그 외의 칭찬과 평가는 하지 않습니다.

이상 10가지 원칙을 지키며 고양이의 글쓰기를 꾸준히 연습해 보세요. 고양이의 글쓰기를 오랫동안 반복해서 훈련하다 보면 짧은 시간에 휘몰아치듯 썼다고는 믿기지 않을 만큼 뛰어난 글을 자주 접할 것입니다. 제가 글쓰기 수업을 하면서 만난 많은 참가자들이 직접 경험했으니, 독자 여러분도 같은 경험을 하게 될 것입니다.

무의식이 지닌 힘을 믿으세요. 고양이의 글쓰기가 당신에게 글 쓰는 자유와 기쁨을 안겨줄 것입니다. 물론 당신 자신이 썼다고는 믿기지 않을 만큼 놀라운 글도 선물처럼 주어지게 될 것입니다.

내 멋대로 글쓰기[2]

글쓰기는 나에게 오래되고 어려운 숙제다. 사진을 찍고 몇 줄이라도 멋지게 적고 싶은데 매번 실패를 거듭했다. 도서관에서 진행하는 이 글쓰기 수업 등록마저도 여러 번 넣었다 뺐다 망설이다가 결국 등록을 포기하고 말았다.

이번 학기 수업이 떴다. 나도 모르겠단 심정으로 등록 버튼을 누르고 말았다. 대기자라고 떴다. 그래서 솔직히 내가 대기하는 순번까지 넘어오지 말라고 빌었다. 그런데 등록 문자가 오고야 말았다. 고민이 또 시작됐다. 수업 취소할까? 그냥 한 번만이라도 들어 볼

---

2 이 글은 제가 도서관에서 진행한 글쓰기 수업에 참여한 박지희 님이 쓴 소감문입니다.

까? 왔다 갔다 하는 마음을 잠재운 건 다음 학기에도 오늘처럼 등록을 망설이고 있을 내 모습이었다. 우선 피하지 말고 첫날 들어 보고 결정하기로 했다. 정말 아니면 작가님께 정중하게 '도저히 못 하겠습니다.' 말하고 나오자고 마음먹었다. 첫 수업 전날 밤, 글쓰기의 두려움과 불안이 몰려와서 잠이 오지 않았다. 어찌어찌 겨우 새벽에 잠들었다.

드디어 아이스커피를 가득 담아 교실에 들어섰다. 슬그머니 자리에 앉았는데 다른 수업보다 더 두려웠던 만큼 가슴이 콩닥콩닥 진정할 수가 없었다.

'나만 글쓰기를 잘 못 하면 어쩌나?'

오직 이 걱정뿐이었다.

고개를 들어보니 도서관 수업에서 만났던 분들이 몇 분 계셨다. 사적으로 만난 적이 없는데 무척 반가웠다. 자기소개도 어려운데 상대방을 소개하라고 했다. 한 번도 해 본 적이 없는 소개법이었다. 막상 하고 나니 독특한 소개법도 괜찮은 것 같았다. 작가님이 쉽게 쉽게 알려주신 덕분에 도움이 됐다.

서로 이야기하다 보니 긴장감이 조금씩 사라질 무렵 드디어 글쓰기 관련 과제가 나오고 말았다. 수업을 듣는 건 할 수 있는데 과제가 큰 어려움이다.

"고양이처럼 써라."

"무의식적으로 써라."

"길게 써라."

"멈추지 마라."

"속도는 빠르게."

"자기 마음대로 써라."

작가님께서 강조해주신 말들이다. 편하게 말씀해주셔서 홀라당 넘어가 버렸다.

포기할 줄 알았는데, 금세 변한 내가 웃기기도 하다. 그래 한번 해 보자. 일기 쓰듯 해 보는 거다. 이 7분이 나에게 용기를 건넨다. 이럴 수가! 마음가짐을 바꿀 수 있다니 기대되는 수업으로 바뀌었다.

내가 글쓰기를 하고 싶은 건 사진 찍는 걸 다시 하고 싶어서이기도 하다. 사진에서 사람의 묘한 매력을 순간 잡아내는 게 정말 좋다. 예를 들면 내 사진첩에는 딸아이의 앞모습보다 옆모습이 많다. 옆모습에 묘한 매력이 있다. 똑같은 사물을 볼 때도 사진을 찍으면 모두 다르다. 그때 바라본 그 시선을 적어 보고 싶다.

나만 볼 건데 왜 나는 남을 의식해서 제대로 글을 써 내려가지 못할까? 작가님 말씀대로 잘 쓰려고 하는 데서 오는 거였다. 고양이처럼 자유롭게 아무 말이나 써야 하는 게 글쓰기의 시작이란 사실을 오늘에야 알았다.

학생 때 동아리 사진전을 하면 사진을 선택할 때 선배들이 밀착지에 동그라미를 쳐주었다. 여러 명의 동그라미가 오갔다. 나는 제법 많은 동그라미를 받았다. 친한 친구가 왜 초점이 나가거나 노출이 맞지 않는데 동그라미를 해주냐고 했던 말도 생각났다.

사실 멋도 모르고 거침없이 찍어서 내 사진 기술은 턱없이 부족했다. 그처럼 무조건 써야 한다는 작가님 말씀에 그때 사진 찍을 때 들었던 기분이 떠올랐다. 빌린 수동카메라로 친구들과 놀면서 찍고, 비 맞으면서 찍고, 땀 흘리면서 찍고, 추운 겨울 언 손으로 찍고, 기술 없이 그냥 내 멋대로 찍었다. 그때는 필름이라서 지금처럼 여러 번 찍는 건 불가능했다. 하지만 여러 각도로 그 피사체를 다양하게 많이 보긴 했다. 그런 다음 한 번의 셔터는 신중하게 눌렀다.

글쓰기도 내 멋대로 거침없이 쓰는 게 맞는 듯하다. 생각을 많이 하고 쓰면 길게 써지질 않았다. 바쁜 일정에 글쓰기를 추가하는 게 쉬운 일은 아니었다. 그래서 마감 제출 하루 전에 쓰기로 했다. 나는 목요일에 멋진 작가의 인생을 살아 본다.(수업은 금요일 오전이다.) 마감 시간이 다가오면 손이 떨리면서 손끝은 더 빨라진다. 그리고 마감 시간이 코앞에 오면 글 올리는 버튼을 누른다. 작가의 마음이 이런 걸까? 마감 시간에 맞춰 글을 올리는 그 순간이 제일 짜릿하다.

글쓰기를 하면서 변한 건 바로 나 자신이다. 불편하면 말을 잘하지 않는데 꺼내지 않았으면 마음 어딘가에 버려둘 것을 꺼내기 시작했다. 다 꺼내기 힘든 부분도 있지만 용기 내어 솔직하게 써 내려가려고 한다.

책을 낸다는 건 나랑 아주 별개의 일이라고 생각했는데 벌써 3편을 쓰고 있다. 글이 모두 실리고 책이 나오면 글쓰기에 대한 두려움을 지닌 나 같은 사람도 책을 낼 수 있다는 용기를 주고 싶다. 이번 글도 많은 글벗들의 피드백이 있어서 무서울 게 없다. 퇴고의 과정이 글을 더 특별하게 해주는 거 같다.

오늘도 내 멋대로 글 쓰고 마감 직전 과감하게 보내기 버튼을 눌렀다.

마법의 시간[3]

이렇게까지 빠질 줄은 예상하지 못했습니다. 솔직하게 말하면 혼자 쓰고 읽는 일기를 좀 더 잘 쓰려면, 더 깊이 있게 묘사하기 위해 알아두면 좋을 Tip 같은 것, 글쓰기의 기술 같은 것을 배울 수 있겠다고 생각하고 왔습니다.

그런데 글쓰기 수업을 하는 요즘, 매일 어디서나 스치는 타인을 보며 '저 사람의 삶엔 무엇이 있을까?', '어떤 아픔, 고민, 이별이 있었을까?' 하고 자꾸만 상상합니다. 지난 주말 다녀온 결혼식에선 멋들어지게 차려입고 고상한 웃음을 짓는 하객들을 보며, 저 혼자 상

3 이 글은 제가 도서관에서 진행한 글쓰기 수업에 참여한 윤슬 님이 쓴 소감문입니다.

상 놀이를 한 시간이나 하다 '아차' 했습니다. 이러다 망상증으로 병원에 가는 거 아닌가 하는 생각도 들었습니다.

친한 친구가 보낸 톡에 "얘, 지금 이 문장은 이렇게 바꿔야 하는 거 아니니?" 하고 답했다가 아주 작가 납셨다며 욕만 한 바가지 먹고 한참 동안 웃었습니다. 그런데도 참 즐겁습니다. 저는 한 번도 살아 보지 못한 어떤 한 인물의 삶을 글로 쓰며 살아 보는 건 꽤 매력적이었습니다. 세상에 이해하지 못할, 이해받지 못할 삶은 없겠구나 하는 생각도 감히 했습니다. 모두에게 귀한 삶이라고 생각했습니다.

이 매력적인 글쓰기를 통해 어쩌면 저는 타인을 더 깊이 이해할 수 있는 능력을 배우는 중인 것 같습니다. 애초에 배우려고 왔던 글쓰기 Tip이나 기술 같은 건 원래 없었습니다. 앞으로 저는 능력이 된다면 이 글쓰기 과제가 아니더라도 다양한 주제의 소설을 쓰고 싶다는 바람도 있음을 솔직하게 고백합니다.

저는, 여전히 제 글을 꺼내놓는 게 부끄러우며 제 글을 읽으며 부족함을 느끼지만 그럼에도 쓰고 있는 이 시간이, 글을 나누며 이야기를 나누는 이 공간이 자꾸자꾸 행복합니다. 부디 이 마법의 시간에서, 모두가 자신의 글 안에서, 또는 누군가의 글에서 진하게 행복하길 바랍니다.

글이 맛있는 공간[4]

꽃봉오리가 맺힐 즈음 우리는 만났다. 세 단어로 자기를 소개하라는 과제에 다들 쑥스러운 표정으로 어색해했다. 숨겨 둔 꽃봉오리 속 향기를 감춘 채 이루어진 수줍은 만남이었다. 조심스럽게 다가서며 은근히 탐색하듯 서로를 주시했다. 과제를 해내고. 풋과일처럼 설익은 글들이 올라오기 시작했다. 감춰두었던 꽃잎을 하나둘 펼쳐 보였다. 각각의 독특한 향기와 색감으로 신비한 연주가 피어났다.

열정이 서로에게 전염됨을 회차가 지날수록 느끼게 되었다. 참 좋

---

4 이 글은 제가 도서관에서 진행한 글쓰기 수업에 참여한 김이다 님이 쓴 소감문입니다. 김이다 님은 공직에서 일하다 정년퇴직하고 배우자와 함께 행복한 은퇴 생활을 만끽하고 계십니다.

은 인연으로 만남이 이어졌다. 바람이 불어오는 지난주 가로수의 벚꽃들이 일제히 꽃비를 날리며 우리를 응원했다. 봄날이, 가는 봄날이 나름 우리를 사색하게 했다. 지금은 연초록 잎이 살금살금 깨어나서는 차츰차츰 진녹색으로 무게를 잡는다.

'자신 없어!'
'어쩜 좋아.'
'나만 부족한 것 같아.'

비슷한 고민과 좌절을 느끼며, 이게 글이 되나, 이 정도의 잡문을 남 앞에서 읽어도 될까, 버거워하다가도. '늘 길게 고양이처럼 쓴다'의 좌우명으로 오늘도 다 같이 마감 원고들을 써 내려간다. 그리고 수줍게 올린 글에 애정을 담은 피드백이 있어 함께 쓴다는 구색이 갖춰줘 있으니 이 얼마나 큰 행운인가 싶다.

작가님은 한발 물러서서 지켜보며 응원과 채찍을 부드럽게 건넨다. 원고의 마감 시간을 제시하고. 쓰도록 분위기를 몰아간다. 면면을 살펴보니 충분한 역량을 갖추고 있다고 판단하신 듯하다.

오늘도 우리의 시간은 정오를 향해 달리고 어디 숨어 있는지 모를 글들이 꽃처럼 활짝 피어난다. 나는 그 글꽃의 향기를 만끽하며 이 시간을 즐긴다.

맛난 집 !

분위기 있는 집 !!

글쓰기가 맛있는 집 !!!

나는 글쓰기로 행복하다.

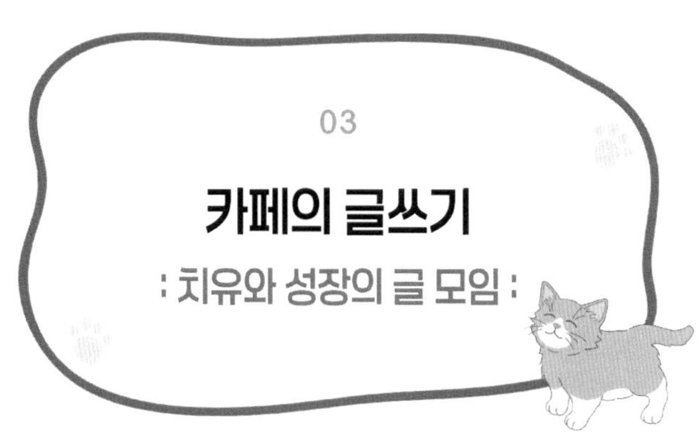

예쁜 카페에서 오붓하게 글쓰기 모임이 열립니다. 오랜만에 만난 벗들의 시선에 반가움이 넘쳐납니다. 빵의 향기가 콧잔등을 어루만집니다. 찻잔의 온기가 손에서 손으로 번집니다. 일상을 벗어난 공간에서 따스한 말이 오갑니다. 조심스럽게 글벗이 자신이 써 온 글을 읽습니다.

나이가 들어서인지 익숙하지 않은 감정에 자꾸 시달린다. 낯선 감정이 내게 왔다가 떠나기를 반복한다. 예상치 못한 때에 찾아와 나를 흔들고는 주책없이 떠난다. 책에서 읽은 한 문장, 드라마의 한 장면, 스쳐 가는 뉴스 한 대목이 감정을 불러일으킨다. 코끝이 찡해지고 가슴은 먹먹하며 어깨의 근육이 떨린다. 낯선 반응에 당황하는 내 몸을 한바탕 휘저은 감정은 내 반응은 모른 척하며 휘리릭 사라져 버린다.

…(중략)…

나는 친구에게 AI 같다는 말을 들을 만큼 이성적인 사람이었다. 어떤 일이 벌어지면 논리적으로 따지고 해결책을 찾았다. 그런 내 방식이 나도 좋았다. 그런데 요즘은 점점 말랑말랑한 감정이 나를 흔들어서 혼란스럽다. 어떤 감정인지 알고 싶은데 아무리 살펴도 내 감정이 안개처럼 뿌옇다. 낯선 방문객이 싫지는 않은데, 그렇다고 반갑지도 않다. 내가 막는다고 막을 수 있는 감정도 아니니 일단은 내 안에서 일어나는 변화를 그저 지켜보려 한다.

글쓴이가 자신이 써 온 글을 차분하게 읽습니다. 글을 듣는 모든 시선이 그 목소리에 집중합니다. 눈으로 글을 읽지 않고 귀로 글을 읽습니다. 글을 쓴 이의 목소리로 직접 듣는 문장은 막 솟아난 봄날의 새싹처럼 상큼합니다.

"슬픈 뉴스를 보면서 내가 내 행복을 누리지 못하고 있다는 생각이 들었어요. 나는 그들에 비하면 훨씬 편안한 삶을 사는데…. 그러면서 슬펐어요. 그들이 처한 환경이 슬프기도 했지만, 제대로 누리지 못하는 저에게도 슬픔을 느꼈어요."

"그러니까 감정이 싫지는 않다는 거잖아요? 그게 어떤 깨달음이 있어서 그런 건가요?"

"잘 모르겠어요. 글에도 썼지만 싫지는 않은데 달갑지도 않아요. 감정이 올라올 때마다 어디에서 오는 감정일까 하는 의문이 들어요. 아직은 잘 모르겠어요."

"저도 감정이 메말랐단 말을 많이 듣고 살았고, 가끔 큰 감정이 일어나면 이건 뭐지 하는 생각이 들면서 당황한 적도 있어서 그런지 공감이 많이 되는 글이었어요."

"예전에는 저 자신이 어떤 사람인지 확실하게 안다고 믿었는데, 요즘은 모르겠어요. 최근에 읽은 책에서 감정에 주목하라는 글을 읽고 일부러 내가 어떤 감정을 느끼는지 글로 써 보기도 했어요. 그런데 감정을 글로 옮기는 게 그렇게 어려운지 처음 알았어요. 계속 감정이 올라오는데, 막상 글로 쓰려고 하면 막막해요."

"저는 그저 지켜본다는 표현이 마음에 들었어요. 어쩔 수 없을 때는 가만히 지켜보는 수밖에 없잖아요. 그 태도가 적절하다고 봐요."

"방금 글에 실린 사연들이 궁금해서 잠깐 뉴스를 검색했는데, 사연이 처참하네요. 슬프고 안타깝고 처절하고. 감정이 무딘 사람도 그냥 넘어가기 힘든 사연이에요."

"저도 글을 들으면서 울컥했어요."

"맞아요. 저도 울컥했어요."

"좀 분위기 깨는 말이지만 저는 울컥이란 단어가 끌리네요. 슬픔이나 울분은 불쑥 솟아오르잖아요. 그런 상태를 시각적으로 표현한 어휘 같아서 끌려요."

"그 사연을 접하고 반성을 많이 했어요. 나는 이 좋은 환경에 살면서도 온전히 행복을 누리지 못하는구나 하면서…."

"음, 자신에게 슬픔을 느꼈다는 표현이요, 그거 슬픔보다는 연민 아닐까요? 그들이 처한 처절한 비극으로 인한 연민. 저는 슬픔보다 연민이 더 어울리는 어휘 같아요."

"그럴 수도 있겠네요."

"저도 나이가 들수록 익숙하지 않은 감정들이 밀고 들어와서 어떻게 할지 몰라 당황한 적이 많아요. 그런 제 상태와 딱 맞아떨어져서 좋았어요."

"공감에 대해 말한 거 있잖아요. 마음의 공간을 감정과 연결한 대목이 신선했어요."

"전 그 반대였는데. 그 부분 때문에 글이 매끄럽게 이어지지 않는 듯했어요."

"저는 옛날에 어땠는지 궁금했어요. 친구가 왜 AI 같다고 했는지, 이성적이고 논리적으로 살 때 어땠는지 등이 궁금해요. 그러니까 구체적인 사연은 없고 그냥 감정만 나열된 듯해서 아쉬웠어요."

"요즘은 AI가 더 인간적이에요."

"하하하."

"어느 날 어느 순간 찾아온 감정 하나를 붙잡고, 거기에 집중했을 때 어땠는지 써 보면 어떨까요?"

"고민해 볼게요."

한 편의 글을 듣고 뜨겁고 다정한 이야기가 오갑니다. 허공으로 휘발되는 수다가 아니라, 가슴에 고요하게 파동을 만드는 대화입니다. 어떤 이에게는 잔잔한 물결이 일기도 하고, 어떤 이에게는 크나큰 폭풍의 씨앗이 뿌려지기도 합니다. 글을 듣고 나누는 대화는 일상에서는 경험하기 쉽지 않은 그윽한 향기가 스며듭니다.

하나의 대화가 마무리되고 다음 글이 이어집니다.

…(생략)… 진한 덕질은 나를 바꿔 놓았다. 온전히 마음을 빼앗기고 좋아하면 내 이성은 그 이전에 내가 알던 방식으로 작동하지 않는다는 사실도 깨달았다. 지금 내가 같이 사는 남자와 왜 결혼하게 되었는지도 이해했다. 그때의 나는 어떤 이유인지 모르지만, 이 남자에게 마음을 완전히 빼앗겼고, 이성은 마비되어 현실을 볼 줄 몰랐다. 사랑에는 환상이 중요하다. 환상이 깨지면 사랑도 흔들리고, 불만이 늘어난다. 덕질의 환상 속에서 나

는 더할 나위 없이 기뻤다. 왜 저러는지 모르겠다고 손가락질하며 비하하던 짓을 내가 미친 듯이 하고 나니, 남의 취향을 함부로 평가하지 않게 되었다. 취향은 존중받아야 한다. 남에게 해를 끼치지 않는 한, 취향은 평가의 대상이 되면 안 된다. 그렇다면 남편의 취향도 존중해 주어야 할까? 그건 좀 더 생각해 봐야겠다. 그냥 취향이면 좋지만, 자꾸 자기 취미생활을 위해 값비싼 장비를 사려는 충동은 아무리 내가 마음이 넉넉해져도 존중해 주기 어려울 듯하다. …(생략)…

이번에도 눈이 아니라 귀로 글을 접합니다. 중년 여성이 덕질에 빠져 비이성적으로 행동하는 경험담에 웃음과 놀람이 잇달아 터집니다. 다른 이들이 겪지 못한 낯선 경험담은 때로는 부러움의 감탄으로 이어지기도 합니다. 글이 끝나자 밝은 기운이 사람과 사람 사이로 해맑게 흐릅니다.

"부럽네요. 그렇게 어떤 한 사람을 좋아했다는 게."
"저도 부러웠어요. 해 보고 싶어요. 가능하기만 하다면."
"그게 마음먹는다고 되는 게 아니잖아요. 어쩌면 덕질은 선택받은 자에게만 오는 축복일지도 모르겠어요."
"이제는 그때의 제가 낯설지만, 그때는 정말 행복했어요. 그때의 저는 이 세상에 제 최애를 좋아하지 않는 사람이 있다는 게 이해되지 않았죠. 진심으로 이해되지 않았어요. 어떻게 안 좋아할 수가 있는지.”

“그런 감정은 경험해 봐야 알죠.”

“사실 연예인을 좋아하는 건, 허상을 향해 쏟는 열정이잖아요. 그걸 직접 겪기 전까지는 천박하다고 생각했어요.”

“그런데 정말 한순간에 빠졌나요?”

“워터 슬라이드를 탈 때, 꼭대기에서 푹 떨어지잖아요. 마치 그런 느낌이에요. 모르겠어요. 뭐 때문에 그랬는지는…. 그때, 조금, 사는 게 힘들고 지쳐서 위로받을 대상이 필요했을 수도 있고. 아니면 제 안에 숨어 있던 어떤 환상이 펼쳐져서 그랬을지도 모르고.”

“연애도 아닌데, 그 사람을 진심으로 좋아할 때 느낌이 어떤지 궁금하네요.”

“저는 연애할 때도 가슴이 떨리지 않았어요.”

“말을 들어보니 도피처였을지도 모르겠네요. 저도 정말 힘들 때, 도망가고 싶을 때, 어떤 대상에 몰입하거든요. 혜미 님은 아마 그 대상이 그 연예인이었겠죠.”

“동의해요. 참 힘들게 일했는데, 덕질하기 위해서, 굿즈를 사기 위해 참고 버텨 냈어요.”

“그런 데 몰입하면 이성을 잃나 봐요.”

“그럼요. 글에 쓸까 말까 고민하다가 안 썼는데…. 표 예매에 실패했는데 공연에는 가고 싶고, 그래서 인터넷에서 몰래 표를 구했어요. 거래가 성사돼서 돈을 보냈는데 표를 안 보내 주는 거예요. 그렇게 사기를 당했는데, 또 구하려고 다른 거래를 알아봤다니까요.”

“그 사연을 썼으면 더 재미있었겠네요.”

“부끄러워서 뺐어요. 글을 쓰려고 오랜만에 최애의 노래를 계속 들었어요. 그때 감정을 잡으려고. 모처럼 그때로 돌아간 듯해서 행복했어요. 글을 쓰고 고치는 시간도 정말 행복했고. 다 써 놓고 고치고 또 고쳤는데, 시간을 보니 제가 4시간 동안이나 집중했더라고요.”

저도 좋아하는 가수가 있기에 신나서 대화에 끼어들었습니다. 현실에 살지만 허상의 세계에 존재하는 연예인의 캐릭터를 숭배하는 덕질은 고단한 현실을 견디게 해줍니다. 어떤 이들은 손가락질하며 비웃을지 모르지만, 사람이 어느 하나에 몰두해 쏟아 내는 열정을 비웃으면 안 됩니다. 사랑은 그게 어떤 모습이든, 아름답고 고귀합니다.

밝고 맑은 대화가 신나게 펼쳐졌는데 그다음에 이어지는 글은 무척 어두웠습니다. 글의 빛깔이 바뀌니 공간에 흐르는 기운이 빠르게 변했습니다.

오랜만에 고등학교 동창과 카페에서 만났다. 우리는 서로서로 하나도 안 변했다면서 웃음꽃을 피웠다. 그렇게 신나게 수다를 떨다가 해변으로 나갔다. 그곳에는 젊은 친구들이 많았다. 새파랗고 맑은 피부에 화사한 웃

다시 대화가 이어집니다. 이모와 아줌마란 어휘에 민감한 웃음이 터집니다. 어느 날 아침 마주한 거울에 엄마가 보여서 놀랐다는 얘기에, 자기는 아빠가 보여서 기겁했다는 놀람이 더해집니다. 아침에 눈을 떠 보니 옆에 신혼 때 보았던 시아버지 얼굴이 있어서 지금 내가 누구와 사는지 헷갈린다는 웃픈 고백도 이어집니다. 나이에 관한 글은 민감하지만 웃음으로 승화됩니다. 나이 듦은 필연적으로 병과 질병이라는 만나고 싶지 않은 고통의 글로 이어집니다. 모든 인간이 피하고 싶은 어둠은 글을 무겁게 누릅니다. 대화도 잿빛으로 침울해집니다.

카페와 친구, 글 모임과 글벗

도시인에게 카페는 번잡한 스트레스에서 벗어난 도피처입니다. 고단한 일상에서 잠시 빗겨나 잔잔한 향기에 취하는 공간입니다. 카페에 앉으면 창문으로 내다보는 풍경이 새롭습니다. 늘 보는 도시여도 황혼이 물든 듯 아름답게 채색됩니다. 카페라는 특이점이 여유로운 관찰자의 시점을 선사합니다. 색다른 풍경을 두른 카페라도 들르면 그곳은 별천지가 됩니다. 일상은 완전히 잊히고 다른 감각으로 온몸이 채워집니다.

카페는 달콤한 향과 더불어 말벗이 되는 친구가 있어 다정함이 차오릅니다. 홀로 찾는 카페의 고즈넉함도 좋지만, 카페는 역시 다정한 친구와 함께 찾아야 제맛입니다. 마음이 맞는 친구와 함께 세상의 근심과 사소한 오해와 즐거운 환상을 주고받으면 뻔하던 일상이 다채롭게 진화합니다. 부담이 사라진 대화는 이후의 일상을 살아가는 데 필요한 에너지를 채워줍니다.

카페의 친구가 당신에게 활력을 선사하듯이 글쓰기에도 카페 같은 분위기와 다정한 친구가 필요합니다. 글은 홀로 존재할 수 없습니다. 글은 나와 타인이 소통하는 수단입니다. 글은 소통의 역할을 할 때 제힘을 온전히 발휘합니다. 글은 서로 나눌 때 글다워집니다. 무엇보다 글을 나누어야 자기가 쓴 글에 담긴 온전한 의미를 파악하게 됩니다. 작가의 글이 독자를 통해 완성되듯이, 글벗이 함께하는 글모임은 자신의 글을 완전하게 합니다.

글을 나눈다는 것은 단순히 다른 사람과 같은 공간에서 함께 글을 읽는 행위만을 뜻하지 않습니다. 읽은 뒤 주고받는 감상평만 가리키는 것도 아닙니다. 자신이 쓴 글을 읽고, 글벗이 쓴 글을 듣고, 떠오르는 생각과 감정과 경험을 진심으로 주고받는 과정이 '글 나눔'입니다. '글 나눔'에서는 평가하지 않습니다. 글을 잘 썼느니, 못 썼느니 지적하지 않습니다. 글을 처음 접한 독자로서 반응하고, 글을 쓴 작가와 마음을 나누며 생각과 감정을 살피고 다독이고 어루만집니다.

'글 나눔'은 글솜씨를 키워주는 최고의 방법입니다. 글을 잘 쓰는 작가나 강사가 요령을 알려준다고 해서 글솜씨가 늘지 않습니다. 다양한 고민과 삶의 무게를 지고 살아가는 평범한 글벗들이 동그랗게 앉아 서로의 마음을 나누는 과정에서 글솜씨는 빠르게 향상됩니다. 당신의 글쓰기 실력을 키우려면 전문가에 의존하기보다 다정한 글벗을 사귀기 바랍니다. 여러 글벗이 모여 글을 나누다 보면, 당신의 글은 생명의 기운을 머금고 푸르고 굳세게 자라날 것입니다.

치유와 성장의 글 모임

'글 나눔'을 통해서 글을 쓴 이는 자기 안에서 진리를 발견하고, 성장을 이뤄 냅니다. 동그랗게 앉아 서로의 글을 읽고 들으며 감정과 생각이 오가다 보면 자기 글이 지닌 힘과 한계와 과제를 인식합니다. 나눔을 통해 글을 읽은 이는 새로운 배움을 얻고, 좋은 글이 무엇인지 깨달으며, 타인의 삶을 통해 자기 내면을 탐색할 기회를 얻습니다. 저는 동그랗게 앉은 글 모임에서 치유와 성장이 일어나는 장면을 수없이 목격했습니다.

어떤 글을 쓰든 그 글에는 참된 자신이 담깁니다. 거침없이 글을 쓰다 보면 자기도 모르게 자기 안에 묻혀 있던 이야기와 감정이 밖으로 튀어나옵니다. 무의식에 갇혔던 슬픔과 상처가 고양이의 글쓰기라는 열린 틈을 따라서 솟구쳐 오릅니다. 그래서 고양이의 글쓰기는 자기 내면을 탐색하는 데 매우 유용한 통로입니다.

학교에서 1박 2일로 리더십 캠프를 가는 날이라 미리미리 짐을 싸라고 그렇게 말했는데 아침에 확인한 짐은 또 엉망이었다. 미리 도와준다고 해도 알아서 하겠다고 큰소리치더니 제대로 준비가 안 돼서 온갖 호들갑을 다 떨었다. 시간에 쫓기며 준비하더니 급기야 나에게 짜증을 냈다. 1박 2일로 떠나는 데 기분을 망치고 싶지 않아서 꾹 참고 참다가 결국 폭발하고 말았다. 나는 그렇게 되고 싶지 않던 마녀가 되고 말았다. 하루건너 한 번씩 겪는 일인데 여전히 적응이 안 된다.

예쁜 얼굴을 찌그러뜨린 딸아이를 겨우 내보내니 이미 하루의 피곤을 다 얻어맞은 듯했다. 이대로 쓰러져서 쉬고 싶었지만 그럴 수 없었다. 오전에 파트타임으로 일을 나가기 때문이다. 나는 어쩌다 보니 세 아이를 낳게 되었고, 직장을 다닐 엄두를 못 냈다. 둘째가 초등학교에 들어가면서 이제부터 일을 해야겠다 마음먹었지만, 일자리를 얻기 쉽지 않았다. 이곳저곳 지원하다 다 떨어졌고 일자리를 찾는 내 눈은 점점 낮아졌다. 결국 내가 들어간 곳은 빌딩 청소 업무였다. 상담과 서비스업이 있었지만, 사람을 상대하며 감정을 소모하기 싫어서 몸 쓰는 일을 선택했다.

막내가 돌아오는 시간에 맞춰 퇴근해야 해서 파트타임으로 취업했다. 아이 둘을 돌보며 다져진 체력과 기술(!)도 그 직업을 택한 이유였다. 청소 일은 걱정했던 것보다는 힘들지 않았다. 몸보다는 마음이 문제였다. 기껏 육아에서 벗어나서 하는 일이 청소라니, 나 자신이 초라하고 한심했다. 짬을 내서 이것저것 배우고 있지만 그것들을 써먹을 수 있을지 자신이 없다. 잔뜩 삐져서 집을 나가는 아이를 볼 때면 일을 때려치우고 싶은 마음이 간절하다. …(생략)…

경력 단절로 인해 전문 분야에서 일자리를 찾기란 쉽지 않았습니다. 상담이나 서비스직에서 감정노동을 하고 싶지 않아서 몸을 쓰는 일을 골랐습니다. 두 아이를 돌본 체력 덕분에 몸은 버틸 만했지만, 일에 보람이 없었습니다. 힘든 육아에서 벗어나서 기껏 하는 일이 청소라니, 무가치한 일을 하는 듯해서 힘듭니다. 앞으로 이렇게 가다가는 영원히 자기다운 일을 하지 못하고 끝날지도 모른다는 두려움에 고통스럽습니다.

이 글을 공유하고 글벗끼리 마음을 나누었습니다. 위로도 하고, 비슷한 처지를 겪은 글벗들이 자기 경험도 들려주었습니다. 더 나은 미래를 위한 잠시 멈춤이라며, 기회가 올 거란 희망의 이야기도 오 갔습니다. 힘내라고, 용기를 내라고, 노력하고 있으니 반드시 기회 가 올 거라는 격려가 수북하게 쌓였습니다. 그러다 어느 글벗이 전혀 다른 방향으로 말길을 틀었습니다.

"저는 청소를 즐깁니다. 청소하고 나면 제가 지내는 공간이 깨끗 해집니다. 다시 쾌적하게 생활할 수 있는 공간이 됩니다. 그러니 청 소는 가장 보람된 일입니다. 행복한 시간을 뒷받침하는 노동입니다. 지저분한 공간이 깨끗해지면 마음도 깨끗해지는 느낌입니다. 왜 청 소를 가치 없는 일로 여기세요? 청소야말로 가장 귀한 노동이 아닌 가요?"

새로운 인식을 위한 자극이었습니다. 청소에 담긴 의미를 재해석 하는 발언이었습니다. 그리하여 가치가 없다고 여겨졌던 일이 그 말 로 인해 가장 가치 있는 일로 뒤바뀌었습니다. 글을 쓴 분은 새로운 시각을 접하고 큰 충격을 받았습니다. 인식의 전환이 내면의 성장으 로 이어졌습니다.

사람은 가치 있다고 믿는 일이면 그 어떤 고통도 견디지만, 가치가 없다고 여기는 일은 쉬워도 불행을 느낍니다. 가치는 삶을 지탱하는 원동력입니다. 그래서 성장이란 가치를 발견하는 힘을 기르는 것입니다. '글 나눔'은 새로운 가치를 발견하는 힘을 길러줍니다. 더불어 새로운 시각을 얻게 합니다. 자기만의 시각에 갇힌 가치관을 한 단계 성숙하게 이끌어 자기 삶을 다르게 보게 합니다. 그래서 '글 나눔'은 참된 성장으로 이어집니다.

> 나는 불안감이 높다. 남들은 아무렇지 않게 흘리는 일에도 불안으로 힘들어한다. 아이가 혼잣말하면 혹시 저러다 나중에 조현병이 걸리지 않을까 걱정한다. 아이가 짜증을 심하게 내면 내가 정서적으로 안정을 주지 못해서 그러나 싶어 걱정한다. 아무것도 잘하는 게 없는 둘째를 보면 앞으로 어떻게 먹고살지 걱정이다. 두 아이가 투덕거리며 다투면 내가 잘못 가르쳤나 싶어서 자책하고 둘이 사이가 크게 나빠지면 어쩌나 걱정한다. 이런 불안이 무가치하다는 걸 알고, 내려놓으려고 애쓰는데도 쉽지 않다.
>
> …(생략)…

이어지는 글에는 과거에 겪었던 심각한 불안의 사례가 길게 쓰여 있었습니다. 아이가 학교에 가면 불안해서 어찌할 바를 모르고, 학교가 끝나고 곧바로 오지 않으면 어디까지 왔는지 끊임없이 확인하는 사연들이 안타까움을 자아냈습니다. 어쩌면 인생 전체가 불안에 짓눌려 헐떡이는 듯한 착각이 들 정도였습니다. 글로 쓰기 쉽지 않은 아픔인데 그분은 솔직하게 자신을 드러냈습니다. 자기를 솔직하게 있는 그대로 드러내려면 용기를 발휘해야 합니다. 자기의 어둠을 정직하게 글로 옮기려면 상당한 각오가 필요합니다. 무엇보다 내 글을 읽고 진심으로 대해 줄 참된 글벗이 있어야 합니다.

"저는 제 아이를 떠올리면 늘 불안해요. 상담도 받고, 종교에도 의지했는데 해결이 안 됐어요. 오랫동안 온갖 방법을 다 썼는데도 불안의 근원을 이해할 수 없었어요."

"어릴 때 불행한 일을 겪거나, 트라우마가 될 만한 사건도 없었어요?"

"차라리 있으면 마음이 편하겠다는 생각을 여러 번 했어요. 그러면 그 원인을 붙잡고 씨름하면 되니까. 그런데 그런 것도 없었어요."

"그쵸. 원인을 모르면 해결을 할 수 없죠."

"그러다 일 년쯤 전에 먼 친척을 만났는데, 놀라운 말을 들었어요. 거기서 제 불안의 원인을 찾았다 싶었죠."

그분이 찾아낸 불안의 근원은 바로 태내 경험이었습니다. 어머님이 임신했을 때 자궁에 문제가 있어 의사는 낙태를 권했다고 합니다. 잘못하면 산모의 목숨이 위험할 수 있다고 하니 주변에서도 낙태를 권했습니다. 어머님도 낙태할지 말지 심각하게 고민했습니다. 실제로 낙태하는 쪽으로 마음이 기울기도 했죠. 어머님은 고심 끝에 결국 낳기로 결정했지만 불안한 임신 상태를 이어가야 했습니다.

"아무래도 그때의 불안이 태내에 있던 제게 그대로 전해졌나 봐요. 아무리 생각해도 그거 외에는 제 불안의 원인을 설명할 길이 없어요."

태내 경험이 불안의 근원이라는 인식이 과학적으로 타당한지 여부는 그분에게 중요하지 않았습니다. 불안을 일으키는 근본 원인을 스스로 찾아냈다고 여기는 그 믿음이 중요했지요. 태내 경험이 불안의 원인이라니…, 그 태내 경험이 태어날 기회를 박탈할 뻔한 위기였다니…, 어찌해 볼 도리가 없는 사건입니다. 그분의 어머님이 의도한 사건이 아니니 원망하면 안 되지만 그분은 자기도 모르게 엄마를 원망했다고 털어놓았습니다. 의도치 않게 일어나는 그 원망이 그분을 더 힘들게 했습니다.

다들 그 사연을 접하고 입을 열지 못했습니다. 간신히 짧은 위로의 말을 건넬 뿐이었습니다. 그러나 저는 그 불안의 원인을 접하고, 전혀 다르게 반응했습니다.

"놀랍네요. 어머님이 그런 결정을 내리다니. 당신의 목숨을 거셨네요. 목숨을 걸고 딸을 낳은 거네요. 목숨을 건 사랑을 받으며 태어났다니, 엄청난 사랑을 받으셨네요."

제 말을 듣고 그분이 갑자기 눈물을 펑펑 흘렸습니다. 자신은 한 번도 그런 생각을 해 본 적이 없다고 고백했습니다. 자신의 엄마가 목숨을 걸고 자신을 태어나게 했다는 것을, 자신을 이 세상에 태어나게 하려고 당신 목숨을 걸었다는 것을, 그보다 위대한 사랑은 없다는 것을 처음 인식했습니다.

그리하여 그분은 새로운 해석을 얻었습니다. 태내 경험은 불안을 일으킨 원인이 되는 상처가 아니라 세상에서 가장 위대한 사랑을 받은 축복이 되었죠. 그 순간 놀라운 치유가 일어났습니다. 상처는 무한한 사랑으로 바뀌고, 원망은 헤아릴 수 없는 존경으로 탈바꿈했습니다. 마음이 지옥의 어둠에서 천국의 빛으로 옮겨갔습니다.

치유는 위로로 얻어지지 않습니다. 치유는 새로운 시각으로 얻어집니다. 자기 상처를 드러낸 글을 마주하고, 그 상처를 새롭게 바라보는 시각을 얻을 때, 그 순간 마음의 빛깔이 바뀝니다. 예수님이 말씀하셨죠. 천국은 마음 안에 있다고! 글을 쓰고 나누면 마음의 빛깔이 바뀝니다. 내가 그 이전까지 믿었던 낡은 세계가 인식의 전환을 통해 완전히 새로운 세계로 탈바꿈합니다.

그래서 글쓰기와 글 나눔은 내 안에서 천국을 발견하는 위대한 여정입니다. 글과 글벗은 당신에게 주어진 거대한 축복입니다. 그 축복을 마음껏 누리시길 바랍니다.

글을 낭독하는 이유

글 모임에서 글벗들과 글을 나눌 때는 되도록 글쓴이가 자신의 글을 낭독하고, 듣는 이는 음성으로 들으며 글을 접하는 게 좋습니다. 물론 듣는 이들이 글을 눈으로 봐도 됩니다. 낭독하는 이유는 목소리에 감정이 담기기 때문입니다. 글을 쓴 이의 감정이 실리면 글이 조금 더 개인적인 친밀성을 띠게 됩니다. 독자가 어떤 책을 좋아하면, 그 책의 작가를 직접 만나고 싶어 하지요. 글 모임에서 글쓴이가 책을 읽는 행위는 바로 작가가 되어 독자를 만나는 것과 결이 같습니다. 목소리에 실릴 때 글은 더욱 살아 숨 쉬는 생동감을 안고 독자에게 전달됩니다.

저는 글쓴이가 자기 글을 낭독하면 그분의 입술과 눈에 집중합니다. 어떤 이는 눈을 감으면 감정이 더 생생하게 전달된다고 하여 눈을 꼭 감고 듣기도 하지만, 저는 읽는 분에게서 눈을 떼지 않습니다. 왜냐하면 글을 읽는 사람의 얼굴과 표정에도 감정이 실려서 나오기 때문입니다. 그 사람의 표정과 목소리와 내용을 결합해서 글을 받아들일 때 글이 더 입체적으로 다가옵니다. 보고, 듣고, 읽으며 글을 만나는 시간 사이로 충만한 기쁨이 흐릅니다.

연습 없는 인생과
글쓰기[5]

세계적으로 유명한 피겨스케이트 선수, 금메달을 딴 자랑스러운 선수, 김연아가 게임을 마치고 진행한 인터뷰에서 경기 중에 무슨 생각을 하느냐는 질문을 받았다. 그 대답은 간단했다.

"그냥 한다."

아무 생각 없이 연습한 대로…. 그럴 것이다. 생각하다 보면 실수할 테니까. 나도 그렇다. 어느덧 인생 칠십 해를 살아 보니 원대한 꿈도 없다. 그냥 열심히 산다. 연습 없이 열심히 산다는 것, 답 없는 문

5　김성근 님이 쓴 글입니다. 김성근 님은 미국에서 30년을 살다가 한국에 돌아와서 즐겁게 여생을 즐기고 계십니다. 또한 글쓰기 모임인 '글향'에 참여해 꾸준히 글을 쓰고 있습니다.

제에 부딪혀 보고 나에게 주어진 인생의 숙제를 생각하면서 잘 살아온 인생인지 더듬어 본다. 살아가는 중에 아프지 않고 산다면, 조금 적게 아프고 산다면 복 중의 복일 것이다. 살아가면서 아프지 않을 수 없다지만 아파야 늙는다는 현실이 된 지금에야 치료받으며 고치며 산다는 말에 동감한다.

도서관에서 열린 '치유와 성장의 글쓰기 모임'에 참여하여 글을 썼다. 작가님은 글을 쓸 때 김연아 선수처럼 아무 생각 없이 그냥 쓰라고 했다. 처음엔 밑도 끝도 없는 말 같았지만 실제로 해 보니 글쓰기가 참 편해졌다.

글을 쓰고 나면 우리들은 각자의 경험과 생각이 담긴 글을 읽고, 자유롭게 이야기를 나눴다. 작가님의 말씀을 경청하며 새로운 배움도 얻었다. 그러면서 모임의 이름처럼 치유와 성장이 나에게도 일어났다.

현대 사회에서 자기 모습과 상처를 드러내기란 쉽지 않다. 그런데 이 모임에서는 서로가 자기 얘기인 양 들어주고, 이해해주고, 각자의 방식으로 포용해주었다. 모임을 하며 쓰고 듣고 겪은 것들이 앞으로 내가 살아가는 길에 따뜻한 원동력이 될 듯하다.

나는 새로 태어났다[6]

　내가 작가님을 만난 지 약 3년의 세월이 흘렀다. 3년 전 '치유와 성장의 글쓰기' 프로그램에서 처음 작가님을 만났을 때 나는 불안한 시기를 보내고 있었다. 작가님과 10여 명의 수강생이 한자리에 동그랗게 둘러앉은 그 순간의 그 떨림이 아직도 생생하다. 그때의 나는 지금은 상상도 하지 못할 만큼 어두웠고, 우울했고, 무척 아팠다.

　마음의 병이 시작된 것은 정확히 10년 전 5월이었다. 힘겹게 마련한 생애 첫 내 집을 팔고, 분가 후 4년 반 만에 다시 시어머니와 살림

6　김희준 님이 쓴 글입니다. 김희준 님은 글쓰기 수업에 참여한 뒤, 글모임 '사람별'에서 꾸준히 글을 쓰며 나누고 있습니다.

을 합쳤다. 몸이 불편했던 시어머니는 우울증을 앓으셨다. 왼팔에 장애가 있어 느리고 불편했던 나는, 시어머니와 살면서 정신이 망가지기까지 채 6개월이 걸리지 않았다.

20년 넘게 시아버님 병수발을 하셨던 시어머니는 몇 해 전에 시아버님이 돌아가시고 난 후로는 아들의 밥을 챙기는 것이 유일한 낙이었다. 남편을 잃은 시어머니는 하나뿐인 아들이 더욱 의지가 되었다. 도저히 견딜 수 없었던 나는 남편을 들들 볶았다. 내 등쌀에 못 이겨 남편이 분가한다고 했을 때, 시어머니는 아들을 빼앗긴 듯한 표정을 지었다. 시어머니가 아들을 어떻게 여기는지 알지만 나도 살아야겠기에 모른 척하고 돌아섰다.

분가 후 비록 전세살이였지만 내 살림과 내 공간이 생겨서 행복해하는 나와 달리, 강인했던 시어머니는 혼자 남겨져 점점 생기를 잃어갔고 집안에는 냉기가 돌았다. 둔했던 남편과 나는 시어머님의 변화를 느끼지 못했고 대수롭지 않게 넘겼다. 아마 조금 더 근처에 살았더라면 달랐을지도 모르겠다.

서울 본사 기획실에서 약 10년간 근무하면서 갑갑함을 느꼈던 남편은 현장에서 일하고 싶다고 지원했고, 회사는 그런 남편을 포항으로 발령을 냈다. 분가 후 8개월 만에 아무 연고도 없는 포항에서 두려움 반, 설렘 반으로 새로운 생활을 시작했다. 걱정과 달리 포항살이는 행복했다. 새로운 업무로 바빴던 남편과 아무 할 일 없이 무료

했던 나 사이에 티격태격 작은 다툼은 있었지만, 시댁이나 친정에 덜 신경 쓰고, 덜 챙기고, 덜 만나니 평화로웠다. 그 덕에 시험관 시술로도 생기지 않아 마음 졸이며 애태우고 간절히 원했던 아이가 포항에 내려온 지 2년 만에 자연 임신으로 생겼다. 기적 같은 만남이었다. 아이는 4.12kg 우량아로 태어났다.

그 사이에 시어머니는 수십 년이나 살던 주택 계단에서 넘어져 다치기도 하고, 주택과 세입자 관리에 힘들어하다가 딸들의 성화에 못 이겨 서울 집을 팔고 둘째 딸이 사는 단지의 아파트로 이사했다. 아파트를 구입하고 남은 돈은 평소 거래했던 금융회사에서 추천한 채권을 샀고, 일부는 자식들에게 똑같이 나눠주셨다. 2개월 뒤 그 금융회사가 부도가 났고 채권은 휴지 조각이 되었다.

이 사태로 시어머니가 돈을 잃게 되자 자식들 사이에서 싸움이 났다. 결국 첫째와 둘째는 서로 보지 않기로 하며 갈라섰고, 7년 후 시어머니가 돌아가실 때까지 서로 얼굴조차 보지 않았다. 시어머니는 평생 아끼고 안 쓰고 악착같이 모은 돈을 잃고 나서 모든 것을 잃은 듯했다. 게다가 자식들이 싸우는 모습까지 보니 정신 줄을 붙잡고 있을 수가 없었다. 자식들을 화해시키지도, 혼내지도 못했다. 건강이 급속히 나빠졌고, 아무것도 하지 않고 멍하니 있는 날이 많아졌다. 둘째 딸 집에 가서 식사를 해결하고 잠만 집에서 잤다. 급기야는 지팡이에 의지하며 걷다가 넘어져서 오른손 손가락 3개에 금이 가서

젓가락질도 할 수 없었다. 그때 남편이 다시 시어머니를 모시자고 했다. 우리는 그때 아산으로 올라와 있었다. 아픈 시어머니를 보니 차마 남편의 의견에 반대할 수가 없었다.

그러나 그것은 큰 실책이었다. 또다시 과거의 악몽이 반복되었다. 정신이 나갈 듯한 고통이 되살아났다. 아들을 제대로 돌볼 수도 없었다. 시어머니를 모시며 아이를 돌보고 집안 살림까지 해내려니 너무나 힘들었다. 더구나 나는 한 쪽 팔에 약간의 장애가 있어서 아이를 돌볼 때도, 일을 할 때도 무척 힘들었다. 고통을 이겨 내기 위해 술을 찾았다. 술 없이는 견딜 수가 없었다. 나의 모든 화는 남편에게로, 시어머니에게로, 특히 가장 연약했던 아이에게로 분출되었다. 그렇게 사랑스러운 아이인데 아이에게 사랑을 제대로 줄 수가 없었다. 내 힘겨움에 빠져서 아이가 내 눈에 들어오지 않았다. 시어머니만 챙기는 남편을 향한 미움은 날이 갈수록 격렬해졌다.

살기 위해 미친 듯이 돌아다녔다. 친구들을 만나고 심리학을 열심히 공부했다. 타로와 명리학에도 빠져들었다. 특히 명리학에 꽂혀 운명론적으로 나를 이해하고 남편과 시어머니를 이해하려고 애썼다. 그러나 그때뿐이었다. 운명이라는 굴레에서 벗어날 수 없었다. 시어머니가 돌아가신 뒤에도 내 방황은 계속 이어졌다.

그럴 때였다. 어쩌면 이 순간에 운명이라는 단어를 써야 할지, 작가님이 입버릇처럼 말하는 시우(時雨)라는 단어를 써야 할지 모르겠지만 글쓰기 수업에 참여하게 되었다. 어쩌면 나를 불쌍히 여겨 이제는 그만할 때가 되었다고 신이 귀인을 보내주신 건지도 모르겠다. 어떻게 표현해도 내 마음을 다 담아내기에는 나의 글솜씨가 턱없이 부족하다. 나는 그렇게 작가님을 만났고, 글을 쓰게 되었다.

치유와 성장이라는 타이틀에 이끌려 수업에 참여하게 되었지만, 글쓰기는 너무 어려웠다. 어렸을 때는 책도 좀 읽고 일기도 쓴 것 같은데, 성인이 되어서는 전혀 책도 안 읽고 일기도 쓰지 않으니 그냥 사는 대로 살아지는, 그저 그런 보잘것없는 나를 자꾸 마주하게 되었다. 게다가 과거의 나를 깊이 들여다보면 볼수록 더 별로인 나를 만나게 되었다. 더구나 그 내용을 발표하기에는 몹시 창피하고 숨고 싶어 읽을 때마다 매번 큰 용기가 필요했다.

이제 와 생각해 보면 무슨 용기로 중간에 그만두지 않고 글을 쓰고 발표할 수 있었는지, 신이 도왔구나 하는 생각과 함께 내가 나를 살리고자 무던히도 애썼구나, 새삼 내가 무척이나 기특했다고 나를 스스로 칭찬해주고 싶을 정도다.

글쓰기 수업은 3개월 동안 진행되고 마무리되었지만, 그때까지도 나는 완전히 치유되지 않았고 여전히 불안정한 상태였다. 함께 글을 나누었던 분들이 무척 좋아서 정기적으로 모임을 이어 나가길 희망했고, 작가님도 동참해주셔서 지금까지 모임이 이어지고 있으니, 온 우주가 내 치유를 돕는 것 같다. 매달 나를 들여다보고 생각을 정리하고 글을 쓰는 일이 아직도 어렵고 힘들지만, 놓지 않고 꾸준히 쓰고 있다.

그러면서 나는 나를 만나게 되었다. 나를 짓누르는 어둠을 다루는 힘이 생겼다. 이제 나는 안다. 아픔은 지우려고 애쓴다고 지워지지 않으며, 아픔도 껴안아야 할 삶이라는 걸 안다. 고생도 사는 맛임을 안다. 나에게는 빛과 어둠이 다 있음을 안다. 내가 한 나쁜 짓은 살아남으려는 몸부림이었다. 나는 착하면서 나쁘고, 나쁘면서 착하다. 나의 빛과 어둠은 둘이 아니라 하나다. 나는 그저 어둠과 빛 사이에서 길을 잃고 헤맸을 뿐이다. 내 아픔도 나고, 내 상처와 분노도 나 자신이다.

이제는 안다. 나는 잘못된 행동을 했지만, 내가 나쁜 것은 아니었다. 나는 살려고 많이 애썼고 고생했다. 나를 비난하고 나쁘게 대했던 나를 이제는 이해하고 용서한다. 내가 그런 행동을 했다면 그럴만한 이유가 있는 것이다. 이렇게 내가 나를 믿고 내 편이 되어 줄 수 있어서 지금 나는 행복하다.

작가님을 만난 후 나는 전혀 다른 사람이 되었다. 아니 작가님과 함께 글을 쓰고, 글벗들과 글을 나누며 나는 새롭게 태어났다.

이제는 남편이 보이고 아들이 보인다. 여전히 남편에게 종종 쌀쌀맞게 대하고, 아들에게 잔소리하고 있지만 말이다. 완전히 치유된 건지는 모르겠다. 그렇지 않더라도 거기에 의미를 두지 않는다. 다

끌어안고 사는 삶이다. 이제는 방황을 끝내고 가야 할 길이 보인다.

지금껏 그랬듯이 나는 앞으로도 계속 글을 쓰고, 글을 나눌 것이다. 글에 나를 담을 것이다.

앞선 글에서 저는 글쓰기를 잘하는 요령은 아주 간단하다고 설명했습니다. 늘, 길게, 고양이처럼 쓰면 된다고 했지요. 아무 생각 없이 거침없이 길게 쓰면 글솜씨는 저절로 는다고 여러 차례 강조했습니다. 길게 쓰려면 서사문 쓰기를 연습해야 하며, 서사문을 쓰기 힘든 까닭은 일상을 제대로 관찰하지 않기 때문이라고 했습니다. 그리고 자유롭게 쓴 글을 마음이 통하는 글벗끼리 나누면 글솜씨가 몰라보게 향상되며, 치유와 성장이 저절로 일어난다고 강조했습니다.

헤밍웨이는 '모든 초고는 쓰레기'라고 하며 처음 쓴 글을 평가절하했습니다. 아무래도 저는 이 세계적인 거장과 의견이 다른 듯합니다. 쓰레기인 초고도 있지요. 그러나 고양이의 글쓰기로 솔직하고 정직하게 쓴 글은 절대 쓰레기가 아닙니다. 가공되지 않은 보석입니다. 제대로 가공만 하면 찬란하게 빛날 보석입니다. 보석이 아닌 글은 아무리 다듬어도 보석이 될 수가 없습니다. 처음부터 그만한 잠재성이 있기에 멋진 작품으로 탄생할 수 있죠. 헤밍웨이의 말을 빌려 '초고를 쓰레기'라고 주장하는 이들이 있다면, 저는 제 수업에 참여했던 수많은 이들이 고양이처럼 쓴 초고를 그대로 보여주고 싶습니다. 그 글들에는 정직한 식견, 생생한 경험, 풍성한 감정이 넘쳐납니다. 그 글을 읽는다면 감히 아무도 쓰레기로 비하할 수 없을 것입니다.

고양이처럼 길게 쓰면 루트비히 뵈르네가 말했듯이 독창적인 글이 나옵니다. 그 어떤 작가도 감히 얕잡아 볼 수 없는 글이 고양이의 글쓰기를 통해 창조됩니다. 그러나 고양이의 글쓰기는 글의 완성이 아닙니다. 독창적이고 재미있고 솔직하긴 하지만, 그대로 외부에 발표하기에는 적절하지 않은 경우가 많습니다. 아무래도 정제되지 않은 글이기에 작품으로서 완성도가 떨어질 수밖에 없습니다. 요리사가 맛있는 음식을 요리하고서 아무렇게나 내놓지 않는 것과 마찬가지입니다. 요리를 맛있게 했으면 적절한 그릇에 보기 좋게 꾸며서 내놓습니다. 보기 좋으면 맛이 더 좋으니까요.

글쓰기는 두 단계로 나뉩니다. **첫 번째 단계는 '고양이의 글쓰기'이고, 두 번째 단계는 '자전거의 글쓰기'입니다.** 대부분의 책은 이

두 단계를 구분하지 않고 글쓰기 원리를 설명합니다. 고양이처럼 글을 써야 할 단계에서 자전거를 타듯이 글을 쓰라고 합니다. 그렇기에 많은 이들이 글쓰기 책을 읽고도 글쓰기 실력이 제대로 는다는 느낌이 들지 않는 것입니다.

아파서 의사에게 처방전을 받아 약을 먹었는데 약을 먹어도 낫지 않는다면 처방전이 잘못된 것입니다. 글을 잘 쓰는 방법을 배우기 위해 글쓰기 책을 읽었는데, 글솜씨가 제대로 늘지 않는다면 글쓰기 처방전이 잘못된 것입니다. 글쓰기 처방전이 제대로 효과를 발휘하지 못하는 것은 대부분의 글쓰기 처방전이 '고양이의 글쓰기'가 아니라, '자전거의 글쓰기'에 적합한 방법을 알려주기 때문입니다. 두 번째 단계에 적용할 원칙과 방법을 첫 번째 단계에 사용하니 효과가 제대로 발휘되지 않는 것입니다.

헤밍웨이가 '초고를 쓰레기'라고 한 것은 초고가 정말 쓰레기여서가 아니라 그만큼 글을 고치는 '퇴고'가 중요함을 강조한 말로 저는 받아들입니다. 저는 '퇴고'를 '자전거의 글쓰기'라고 부릅니다.

저는 고양이를 사랑하고 자전거 타기를 즐깁니다. 자전거를 타면 바람이 스치는 촉감이 시원하고, 오르막길에서 차오르는 가쁜 숨과 탱탱해지는 근육의 긴장이 짜릿합니다. 느긋한 속도로 가며 풍경과 같이 호흡하는 순간도 좋고, 속도를 높여 달릴 때 빠르게 스치는 길가의 나무들도 정겹습니다. 고양이와 머물며 편안함에 젖는다면 자전거를 타며 상쾌함과 짜릿함을 맛봅니다.

저는 고양이와 어울리며 그 자유로움에서 글쓰기의 원리를 찾았고, 자전거를 즐기며 글을 고치는 원칙을 깨우쳤습니다. 자전거는 두 발로 바퀴를 굴리지 않으면 나가지 않습니다. 퇴고는 글을 쓰는 작가가 하려는 의지를 세우고 힘차게 노력해야 이루어집니다.

자전거는 평지에서 순탄하고 편하게 탈 수도 있지만, 산악처럼 험한 곳에서 탈 수도 있습니다. 퇴고는 어휘와 어법만 고치는 수준에서 진행하기도 하지만, 글 전체를 뜯어고치는 수준에서 진행하기도 합니다. 마음만 먹으면 자전거를 타고 대륙 횡단도 가능하지만, 마음이 약하면 집 앞의 마트까지 자전거를 타고 가는 것도 귀찮습니다. 몇 년에 걸쳐 퇴고할 수도 있지만, 단 한 번 고치는 것도 버거울 수 있습니다. 그래서 퇴고를 '자전거의 글쓰기'라고 부르는 것입니다.

자전거의 글쓰기①

: 자신이 만족할 노동의 수준을 정한다.

고양이의 글쓰기는 즐겁습니다. 고양이처럼 글을 쓰면 글쓰기가 얼마나 행복한 일인지 글을 쓸 때마다 느낄 수 있습니다. 그러나 자전거의 글쓰기는 꼭 그렇지 않습니다. 가볍게 자전거를 타듯이 글을 고치면 재미있는 수준에서 멈추기도 하지만, 일정 수준 이상에 도달하겠다고 마음먹으면 상당한 고통을 견뎌야 합니다. 그리고 당신이 일정 수준에 도달하는 글을 발표하고 싶은 목표 의식이 강하면 강할수록 '자전거를 노동하듯이 타야' 합니다. 그래서 저는 이렇게 말합니다.

"초고는 놀이고, 퇴고는 노동이다."
"글은 놀이에서 출발해 노동으로 완성한다."

당신이 글을 조금이라도 잘 쓰고 싶다면 반드시 이 말을 기억해야 합니다. 처음 글을 쓸 때는 신나게 놀 듯이 쓰면 되지만, 그 글을 고칠 때는 의지를 다지며 노동하듯이 해야 합니다. 고양이의 글쓰기와 자전거의 글쓰기는 전혀 다른 영역입니다. 글쓰기라는 이름으로 묶여 있지만 정반대 감정으로 대해야 합니다. 초고를 쓸 때는 무의식이

지배합니다. 의식은 아주 희미한 역할만 합니다. 퇴고할 때도 무의식이 작동하긴 하지만 주도하는 것은 의식입니다. 목적 의식적인 의지와 생각으로 글을 고쳐야 합니다.

퇴고는 노동이므로 노동하는 원칙을 지켜야 합니다. 노동에서 제일 피해야 할 위험은 '과로'입니다. 과로하면 안 됩니다. 과로는 몸을 망가뜨립니다. 과로는 심하면 죽음으로 이어지기도 합니다. 글을 고치는 행위에서도 과로는 절대로 저지르면 안 되는 실수입니다. 그러니 100% 만족을 바라지 말고 자신이 만족할 만한 적당한 수준을 미리 정하고 거기에 도달하면 퇴고를 멈추어야 합니다.

헤밍웨이는 자신의 작품인 『노인과 바다』를 200번 정도 퇴고했다고 합니다. 헤밍웨이는 그 정도 해야 스스로 만족했나 봅니다. 저는 그렇게 못합니다. 그렇게 하다가는 진이 빠져서 일상생활이 불가능해집니다. 누구나 마찬가집니다. 200번씩이나 퇴고하라고 하면 처음부터 안 하려고 하겠지요. 글쓰기 책을 읽어보면 끝없는 퇴고를 강조하는 대목이 참 많습니다. 글은 고치고, 고치고, 또 고치고, 묵혔다가 고치고, 발표하는 시점까지 계속 고쳐야 한다고 요구합니다. 끝없이 자기와 싸우면서 최고의 글을 만들고 싶은 작가라면 그래야 맞겠지요. 그러나 그건 그런 작가들에게만 해당하는 태도입니다. 여러분은 굳이 그럴 필요가 없습니다.

적당히 고치고, 만족하면 멈추는 게 지속적인 글쓰기를 위해서는 훨씬 나은 선택입니다. 완벽한 글을 쓰겠다는 마음으로 글을 다듬으면 어느 순간 질려버립니다. 적당한 수준에서 멈추십시오. 뭐든 자기 역량의 70% 수준에서 머무는 것이 좋습니다. 그보다 더하면 부담스럽고, 100%를 넘어가면 자기 역량을 넘어서기 때문에 자기뿐 아니라 주변에도 해를 끼칩니다. 적재적소란 내 역량의 70% 쯤 되는 곳에 머무는 절제력입니다. 그러니 글을 고칠 때도 내가 만족하는 선에서 70% 쯤 되면 괜찮겠다는 마음으로 하십시오. 그러면 퇴고는 감당할 만한 노동이 되고, 견딜만한 고통이 됩니다.

그렇다면 '자전거의 글쓰기'를 잘하려면 어떻게 해야 할까요? 어떤 방법을 사용하면 멋진 글이 탄생할까요? 저는 글쓰기 수업에서 딱 두 가지만 강조합니다. 두 가지 원칙만 잘 지켜도 웬만한 글은 꽤 멋지게 고칠 수 있습니다. 첫 번째 원칙은 주제, 두 번째 원칙은 독자입니다. 주제와 독자, 이 두 단어만 초지일관 붙잡으면 퇴고를 수준 높게 해낼 수 있습니다.

그렇다고 제가 말씀드린 원리만 활용할 필요는 없습니다. 시중에 나온 글쓰기 책은 상당 부분 '자전거의 글쓰기' 단계에 초점이 맞춰져 있으므로 거기서 배운 원리와 방법을 자기에 맞게 적용하십시오. 자신이 필사했던 글도 이 단계에서 많이 참조하세요. 글쓰기 책을 읽으면서 공부했던 원리와 방법은 '자전거의 글쓰기' 단계에서 마음껏 써먹으면 됩니다.

자전거의 글쓰기②

말과 글은 자신의 생각, 느낌, 경험을 타인에게 전달하는 수단입니다. 인간은 말과 글을 통해 의사소통합니다. 의사소통이 활발해지면서 인간의 사회성이 빠르게 향상되었고, 놀라운 문명의 발전이 이루어졌습니다. 의사소통을 통해 전하려고 하는 핵심적인 메시지를 일컬어 '주제'라고 합니다.

고양이처럼 쓴 글을 고칠 때, 핵심을 잡아야 합니다. 내가 마구잡이로 쓴 글에서 핵심이 되는 생각, 느낌을 찾아야 합니다. 처음 글을 쓸 때 염두에 두었던 의도는 괘념치 마세요. 고양이처럼 쓰다 보면 첫 의도와 달리 글이 산으로 들로 마구 달려가기도 하니까요. 다 쓴 글을 읽으면서 꼭 전하고 싶은 생각이나 느낌을 찾아야 합니다. 정확히는 찾는 게 아니고 정하는 거지요. 내가 핵심적으로 독자에게 전하고자 하는 메시지를 골라내는 작업, 그것이 '자전거의 글쓰기'에서 처음부터 끝까지 지켜야 할 제1원칙입니다.

주제는 되도록 한 문장으로 명쾌하게 정리하는 게 좋습니다. 그래야 글을 고칠 때 제대로 활용할 수 있습니다. 주제가 명확하면 글이 깔끔하고 문장도 적재적소에 들어가지만, 주제가 불분명하면 구성이 산만해지고 어색한 문장이 곳곳에 흉측하게 똬리를 틀게 됩니다.

주제를 움켜쥐었으면 이제 글을 고칩니다. 자전거의 글쓰기를 본격적으로 진행합니다. 고치는 방법은 간단합니다. 주제에 맞으면 살리고 주제에 어긋나면 지웁니다. 주제를 돋보이게 하는 대목은 더 힘을 싣고 주제를 가리는 대목은 힘을 뺍니다. 아무리 멋진 문장이라고 하더라도 주제에 부합하지 않으면 과감하게 버립니다. 주제와 찰떡궁합인 문장은 중요한 자리에 배치합니다. 주제를 도드라지게 하는 소재가 떠오르면 새롭게 추가합니다. 글 전체의 흐름도 거기에 맞는지 따져봅니다. 기승전결이 주제에 맞으면 그대로 가고, 어색하면 주제에 맞게 재구성합니다. 오직 주제, 글을 고치는 처음부터 끝까지 잊지 말아야 할 명제입니다.

'자전거의 글쓰기' 단계에서 초보자들이 겪는 가장 큰 어려움은 글의 구성입니다. 어휘, 문장, 예시, 비교, 표현법 따위는 노력한 만큼 고칠 수 있습니다. 그러나 구성은 결이 다릅니다. 사실 웬만한 글은 구성만 제대로 하면 어느 정도 수준에 자연스럽게 도달합니다. 짜임새만 탄탄하면 거기에 맞춰서 쓰면 됩니다. 심지어 소설이나 극본도 기본 구성만 탄탄하면 보통의 필력을 지닌 사람도 완성도 높은 작품을 지어낼 수 있습니다.

조금 다른 얘기이긴 하지만 대학입시에서 출제되는 논술 문제는 지시문에 글의 짜임새를 다 알려줍니다. 예를 들어 이런 식입니다.

A를 근거로 B를 비판하고, D와 C의 견해를 비교한 뒤에 자신의 의견을 논술하라!

조금만 눈 밝은 수험생이라면 글을 어떤 식으로 구성할지 금방 알아차립니다. 신기한 점은 친절하게(?) 글의 구성을 알려주었음에도 쓰라는 대로 글을 못 쓰는 수험생이 상당히 많다는 사실입니다. 글을 흐름에 맞게 구성하는 것이 훈련되지 않은 이들에게는 쉽지 않기 때문이겠지요.

글은 물처럼 자연스럽게 흘러야 합니다. 적절한 구성을 고민할 때 늘 잊지 말아야 할 원칙입니다. 설명은 인과의 법칙에 맞아야 하고, 논리는 주장을 자연스럽게 뒷받침해야 합니다. 일상은 경험의 흐름에 맞아야 하며, 생각은 부드럽게 이어져야 합니다. 한마디로 글의 구성은 물의 흐름을 닮아야 합니다.

모든 물은 바다로 흐릅니다. 글쓰기에서 바다는 바로 '주제'입니다. 글은 주제를 향해서 모입니다. 구성의 자연스러움은 주제를 향해 흐를 때 확보됩니다. 그래서 주제가 명확하면 그에 맞는 구성은 어렵지 않게 찾아낼 수 있습니다.

자전거의 글쓰기③

: 독자는 이 글을 어떻게 받아들일까?

글쓰기는 자신을 드러내는 행위입니다. 그리고 자신이 쓴 글의 첫 독자는 자기 자신입니다. 글을 다 썼으면 자신이 쓴 글을 가만히 읽어보세요. 첫 독자로서 보기에 내가 쓴 글이 만족스러운가요? 스스로 만족하지 못한다면 남도 만족하지 못합니다. 일단 스스로 만족해야 타인을 만족시킬 수 있습니다. 그러려면 정확히 표현해야 하고, 정확히 표현하려면 자신을 정직하게 보는 힘이 있어야 합니다. 자신이 어떤 사람인지 모르면 남에게 자신을 정확히 보여줄 수 없습니다.

자신이 만족하는 글을 쓰라고 하면 많은 이들이 자기 글을 깎아내립니다. 겸손이라기보다는 자신감이 떨어져서 내보이는 반응입니다. 심하면 자기 비하를 하기도 합니다. 앞서도 강조했지만 자기 글에 대한 만족도는 최대치를 100%로 봤을 때 70% 수준에만 도달해도 충분합니다. 그 이상은 욕심 내지 마세요. 글쓰기든 다른 일이든 적당하게 만족해야 즐길 수 있습니다. 적절함, 인생을 행복으로 채우는 비결이죠.

일단 첫 번째 독자가 되어 글을 읽었으면 그다음으로는 타인이 되어 자신의 글을 읽어야 합니다. 이때 등장하는 타인은 완벽하게 다른 사람이어야 합니다. 내가 아무리 만족하는 글이라 해도 다른 사람이 이해하지 못하거나 공감하지 못하면, 그 글은 생명력을 제대로 발휘하지 못합니다. 완벽한 타인이 되어 낯선 시선으로 내 글을 보면 내 글의 부족한 점, 고쳐야 할 점이 뚜렷하게 드러납니다.

'Synchronized Swimming'이란 경기가 있습니다. 물속에서 여러 사람이 똑같이 아름다운 동작을 하는 스포츠입니다. 싱크로나이즈드는 양쪽을 동일한 상태로 만든다는 뜻입니다. 함께 하는 동작이 일치하는 정도를 싱크로율이라고 하지요. 싱크로율 100%란 완벽하게 일치하는 상태를 말합니다. 판타지나 SF에서도 싱크로율이란 말이 종종 나옵니다. 조종사와 로봇이 결합한 정도를 표시할 때 싱크로율이란 말을 쓰지요. 조종사와 로봇의 싱크로율이 높아야 로봇의 힘이 강력해집니다. 글도 마찬가집니다. 작가와 독자의 싱크로율이 높아야 좋은 글입니다. 즉 글을 잘 쓰는 작가는 독자와 자신의 싱크로율을 최대치로 높일 줄 아는 능력자입니다.

싱크로율을 높이려면 타인의 시선으로 자신이 쓴 글을 봐야 합니다. 자신이 쓴 글은 잘 쓰든 못 쓰든 스스로 쓴 글이기에 그 안에 담긴 뜻이나 의미, 경험을 다 압니다. 철자법이 틀리든, 띄어쓰기가 틀리든 이해하는 데 방해받지 않습니다. 문장을 길게 쓰든, 문단을 나누지 않든, 상관없이 자신이 쓴 글은 모두 이해할 수 있습니다. 그러나 타인은 다릅니다. 글을 잘 고치려면 타인의 처지에서 내 글을 볼 줄 알아야 합니다. 타인의 눈으로 자신의 글을 보기 위해서는 역지사지하는 능력이 필요합니다. 그 능력이 부족하면 자신의 글을 객관적으로 보기 힘들고, 그럴수록 자신의 글을 제대로 고치지 못합니다.

퇴고(推敲)라는 말은 당나라의 시인 '가도와 한유'의 일화에서 유래합니다. 가도는 "새는 연못 가의 나무에 자고 스님은 달빛 아래에서 문을 미는구나(鳥宿池邊樹僧推月下門)" 하는 시를 짓고는 '퇴'(推:밀다)로 쓸지 '고'(敲:두드리다)로 쓸지 고민합니다. 지나가던 한유가 이를 알고 '고'(敲)로 쓰라고 권했다는 데서 '퇴고'란 말이 유래했습니다. 이 일화에서 한유는 가도에게 낯선 사람입니다. 한유는 가도의 글을 낯선 시선으로 보았고, 더 적절한 표현을 선택하게 도왔습니다.

낯선 시선으로 자신의 글을 보며 고치라는 조언은 그럴듯하게 들리긴 하지만 솔직히 무척 어려운 요구입니다. 어차피 인간은 자기의 틀을 완전히 벗어날 수 없는데 어떻게 낯선 시선으로 볼 수 있을까요? 그때 필요한 것이 상상력입니다. 상상으로 타인이 되어 보는 것이죠. 그 타인은 자신이 독자라고 정해둔 가상의 인물입니다. 키, 외모, 직업, 성격, 취향 등을 지어내어 한 인물을 만듭니다. 마치 살아서 움직이는 인물처럼 창조합니다. 그리고서 그 사람이 되어 자신이 쓴 글을 읽습니다.

독자를 상상으로 창조하기 위해서는 사람을 이해하는 힘이 밑바탕이 되어야 합니다. 타인의 인생이나 성격을 잘 이해하는 힘을 갖춘 사람은 남이 되는 상상도 잘 해냅니다. 좋은 글을 쓰기 위해서는 결국 사람을 이해하는 통찰력이 필요합니다.

흔히 글쓰기 책에서 문장을 짧고 분명하게 쓰라는 요구를 많이 합니다. 그 이유는 당신의 글을 읽는 독자가 타인이기 때문입니다. 문장이 길면 오해하거나, 이해를 제대로 하지 못할 가능성이 높아지지요. 그래서 많은 글쓰기 책에서 문장을 단순명료하게 쓰라고 강조하는 것입니다.

자기소개서를 쓸 때는 자신의 장점을 드러내는 사례를 짧지만 명확하게 쓰라고 합니다. 왜 이렇게 권하는지는 시험관의 처지에서 생각해 보면 됩니다. 자기소개서를 쓰는 사람들은 모두 자신이 성실하고, 리더십이 뛰어나며, 도전을 두려워하지 않는다고 자랑합니다. 시험관은 비슷비슷하게 쓴 자기소개서 중에서 진짜 성실성과 리더십과 도전정신을 갖춘 사람을 골라내야 합니다. 성실하다는 주장만 실린 글을 읽고 정말 성실하다고 믿을 시험관은 거의 없습니다. 성실함을 보여주는 사례를 제시해야 그나마 믿어줍니다. 지도력이 뛰어나다고 자랑만 해서는 안 되고, 다른 사람을 제대로 이끈 사례를 써야 합니다. 도전 의식을 아무리 강조해 봐야 시험관은 곧이곧대로 믿지 않습니다. 실패를 두려워하지 않고 도전한 경험담을 들려주어야 합니다. 사실 이는 아주 간단한 원리입니다. 그래서 자기소개서 쓰기는 그리 어렵지 않습니다.

아무리 훈련이 된 작가라 해도 상상력을 발휘해 낯선 시선으로 자기 글을 검토하는 것은 한계가 있습니다. 그때 큰 도움이 되는 사람들이 바로 글 모임을 함께 하는 글벗들입니다. 날것 그대로 쓴 글을 글벗들에게 보여주고, 반응을 살핍니다. 글벗들은 글을 계속 써 온 사람들이고, 당신의 글에 애정이 있습니다. 그러니 정확하게 글을 보고, 애정으로 글에 대한 반응을 드러냅니다. 그 반응을 적절히 취합하면 자연스럽게 낯선 시선이 반영된 완성도 높은 글로 탈바꿈시킬 수 있습니다.

자전거의 글쓰기④
: 퇴고에 도움이 되는 몇 가지 조언

지금까지 자전거의 글쓰기에 대해 제가 강조한 것은 네 가지입니다.

- 퇴고는 노동이다.
- 적당한 수준에서 만족하고 멈춘다.
- 주제를 중심으로 고친다.
- 독자가 되어 내 글을 읽는다.

이 네 가지만 염두에 두어도 글을 고치는데 훨씬 수월함을 느낄 것입니다. 이 외에 몇 가지 도움이 될 만한 조언을 덧붙이고 '자전거의 글쓰기' 마당은 마무리하겠습니다.

첫째, 적절하게 감추세요.

고양이의 글쓰기를 하면 자기 안에 감춰 놓고 묻어 둔 비밀이 막 튀어나옵니다. 감추고 싶은 사연이 밖으로 비집고 나옵니다. 자신이 모르던 내면이 글로 형상화됩니다. 굳이 당신의 글에 그 비밀스러운 진실을 다 남겨 놓지 않아도 됩니다. 독자에게는 자기 스스로 감당할 만큼만 보여주세요. 글을 고칠 때 자신이 드러내도 괜찮을 만큼 남기고, 감추고 싶으면 홀로 간직하세요.

둘째, 하다 보면 솜씨가 느니 주눅 들지 말고 꾸준히 쓰세요.

글이나 말로 얻는 배움에는 한계가 있습니다. 글을 잘 고치는 비법을 글과 말로 전하는 데는 한계가 너무나 명백합니다.

수영을 아주 잘하는 학생과 수영이라면 가라앉기부터 하는 맥주병 학생이 함께 물놀이를 갔습니다. 맥주병인 학생은 수영을 배우기 위해 애썼습니다. 수영을 잘하는 학생은 너무나 쉽게 헤엄을 치고 다녔습니다.

"힘을 빼고 이렇게 하면 돼. 간단하잖아."

아무리 설명해줘도 맥주병 학생은 따라 하지 못했습니다.

"힘을 빼."

"그게 안 돼."

그러게요. 그게 말처럼 쉽게 안 되죠.

흔히 남들은 모르는 나만의 비법을 지칭할 때 '노하우'라고 합니다. 이 노하우는 말과 글로는 잘 전달이 안 됩니다. 경험 속에서 터득했기 때문이죠. 영화 매트릭스를 보면 두뇌에 직접 정보를 입력해서 단 몇 초 만에 헬기 조종술을 배우는 장면이 나옵니다. 그런 식으로 두뇌에 정보를 입력하면 단 몇 초 만에 헬기 조종술을 배울 수 있을까요? 아마 쉽지 않을 것입니다. 두뇌에 지식을 넣는다고 해서 헬기 조종을 바로 할 수 있는 게 아니니까요. 수많은 경험을 쌓아야만 조종이 가능합니다. 배움은 글이나 말이 아니라 체험 속에서 완전해집니다.

어느 분야에서든 특별한 능력을 갖추고 싶다면 자기만의 경험을 쌓는 시간이 필요합니다. 숱한 시도와 좌절, 고민과 도전 속에서 자기만의 실력이 갖춰집니다. 그러니 서두르지 말고, 조급해하지 말고 꾸준히 조금씩 하십시오. 제가 이 책의 서두에서 강조했습니다. 글을 잘 쓰는 첫 번째 비결은 '늘 쓰는 것'이라고…. 늘 하면 실력이 늡니다. 글쓰기든, 퇴고든, 공부든, 그게 무엇이든 '우공이산(愚公移山)'의 정신으로 꾸준히 반복하면 실력이 늡니다.

셋째, 주제를 눈에 보이게 써 놓고 작업하세요.

퇴고할 때 핵심 기준은 주제라고 했습니다. 주제를 중심에 두고 모든 글을 검토하고 수정하라고 말씀드렸습니다. 그런데 주제를 머리에만 담아 두면 자꾸 놓치거나 소홀해집니다. 어떤 문장은 주제에 맞게 고치고, 어떤 문장은 주제와 상관없이 고치기도 합니다. 그걸 방지하기 위해서 글을 고칠 때는 포스트잇에 주제를 써서 붙여 놓으세요. 눈에 보이는데 주제가 적혀 있으면 퇴고의 중심이 훨씬 더 잘 잡힙니다.

저는 학생들에게 국어 공부를 할 때는 주제부터 암기하라고 강조합니다. 주제를 외우기 어려우면 그 단원을 공부할 때 포스트잇에 주제를 적어서 눈앞에 붙여 놓고 공부하라고 권합니다. 주제를 확실히 기억하면 부분이 아니라, 전체로 작품을 이해하는 능력이 생깁니다. 주제를 중심에 두면 글의 구성, 배경, 갈등, 관계, 인물, 논리 등을 더 잘 이해할 수 있습니다. 문제를 풀 때도 늘 주제를 염두에 두어야 합니다. 문제에 실린 선택지가 주제에 맞는 해석이면 적절하지만, 주제와 거리가 멀면 멀수록 부적절하다고 판단하면 되기 때문입니다. 주제를 명확히 이해하고 있으면 헷갈리는 문제도 어렵지 않게 풀 수 있습니다.

부모들이 자식에게 잔소리할 때도 주제가 중요합니다. 다음은 잔소리를 듣고 온 학생과 제가 나눈 대화의 한 대목입니다.

"아휴, 무려 한 시간 동안 잔소리를 들었어요."

"뭐라고 하시든?"

"몰라요. 어쩌고저쩌고 잔소리는 한참 들었지만, 기억은 하나도 안 나요."

"아니, 한 시간이나 잔소리를 들었다면서 뭔 소린지 하나도 기억이 안 난단 말이야?"

"엄마가 뭐라고 하긴 하는데 뭔 말인지 알아들어야 말이죠."

"헐, 엄마가 완전히 헛수고했구나."

이 학생이 정말 기억을 못 하는지, 아니면 잔소리를 듣고 기분이 나빠서 그렇게 말했는지는 확실치 않습니다. 어쨌든 잔소리가 그리 쓸모없다는 사실은 아이를 키우는 사람은 거의 다 압니다. 맨날 잔소리해도 바뀌지 않으니까요. 사실 아이뿐 아니라 어른도 잔소리를 듣고 자기 행동을 바꾸는 경우는 흔치 않습니다.

잔소리를 많이 해도 아이들이 기억을 못 하는 것은 대체로 두 가지 이유 때문입니다. 하나는 귀담아듣지 않기 때문이고, 다른 하나는 뭔 소린지 알아듣지 못하기 때문입니다. 귀담아듣지 않는 건 부모 자식 사이의 관계에 신뢰가 없기 때문이지만, 뭔 소리인지 알아듣지 못하는 건 문해력이 부족하기 때문입니다.

학생들은 학교, 학원, 인터넷을 통해 강의를 듣습니다. 그런데 신기한 점은 그렇게 열심히 들어도 선생님이 무슨 말씀을 하는지 못 알아듣는 경우가 태반이라는 사실입니다. 선생님이 한참을 설명하고, 이야기를 했는데도 끝날 때쯤에는 꼭 이렇게 말하는 학생들이 있습니다.

"그래서 뭐라고 적어요?"

의외로 상당히 많은 학생이 문장이 조금만 복잡하면 상대가 무슨 말을 하는지 못 알아듣습니다. 말을 듣고도 못 알아듣는 학생들이 글을 읽고 제대로 독해하기를 바라는 건 무리입니다. 감정과 표정이 담긴 말을 눈앞에서 듣고도 못 알아듣는데, 감정도 표정도 보이지 않는 글을 이해하지 못하는 것은 당연합니다.

그래서 잔소리할 때 잔소리의 핵심이 무엇인지, 명확히 요약해주는 게 중요합니다. 중언부언 말을 길게 하지 말고 핵심만 간단하게 전달합니다. 감정을 풀기 위해서 길게 말했다면 나중에라도 핵심을 명확히 전달합니다. 가능하면 포스트잇에 글로 써 놓는 것도 좋습니다. 그러면 부모가 자녀에게 무엇을 말하려는지 명확해지는 효과가 있습니다. 그와 더불어 부모 스스로 자신이 하는 말이 무엇인지 되돌아보는 효과도 생깁니다.

글을 고칠 때도, 아이의 행동에 변화를 주기 위해 건네는 말의 효과를 높이기 위해서도 주제를 눈에 보이게 적는 것은 매우 좋은 전략입니다.

선생님의 글쓰기

: 고양이 작가의 글쓰기 수업 :

이 장에서는 20년 넘게 글쓰기를 가르치면서 얻은 저만의 '글쓰기 수업 방법'을 조금 풀어놓으려 합니다. 제가 해 온 글쓰기 수업 방식을 모두 소개하려면 그것만으로 책 한 권 분량이 나오기 때문에 여기서는 간략하게만 소개하겠습니다. 중요한 것은 가르치는 방법보다 원칙입니다. 원칙을 정확히 이해하면 방법은 그리 중요하지 않습니다.

글쓰기의 본질은 무엇인가?

스포츠의 본질은 정해진 규칙을 지키며 정정당당한 승부를 겨루는 것입니다. 놀이의 본질은 남에게 손해를 끼치지 않는 한에서 누리는 재미입니다. 여행의 본질은 익숙함에서 벗어나 낯섦을 만나는 체험에서 오는 신선한 자극입니다. 그렇다면 글쓰기의 본질은 무엇일까요?

다양한 의견이 있겠지만, 제 생각에 글쓰기의 본질은 자기 안에 깃든 나를 꺼내는 것입니다. 세상에 이로움을 주거나, 남을 설득하는 게 아니라 자기 안에 있는 나를 발견하는 것이 글쓰기의 본질이라고 저는 생각합니다. 글을 읽으며 감동하기도 하고, 웃기도 하고, 울기도 하지만 그건 나를 찾아 내보이는 작업의 부차적인 효과일 뿐입니다. 숨어 있는 자신을 발견해서 환한 빛의 세계로 드러내는 과정은 쉽지 않습니다. 나를 발견하기, 내가 누구인지 알기, 내가 어떤 사람인지 탐구하기 등은 일생을 통해 꾸준히 지향해야 할 삶의 과제입니다.

그렇게 자기를 발견하면 어떻게 될까요? 삶이 특별해집니다. 1940년대, 독일에 살던 한 유대인 소녀의 삶은 특별하지 않았습니다. 전쟁과 히틀러의 탄압에 몸을 떠는 수많은 유대인의 삶과 비슷했지요. 그 소녀는 다른 유대인과 다를 바 없는 상황에서 일기를 꾸준히 썼습니다. 그 일기는 나중에 발견되어 『안네의 일기』라는 이름으로 세상에 알려졌고, 그 소녀의 특별하지 않은 삶은 일기를 통해 아주 특별한 삶으로 탈바꿈했습니다.

특별한 일을 글로 쓰는 게 아니라, 글로 쓰면 특별해집니다. 누구에게나 하루는 24시간이지만 글을 통해 자신의 삶을 정리하고 의미를 발견하는 습관이 든 사람에게 삶은 전혀 다르게 채색됩니다. 글이 지닌 힘입니다. 글은 생각을 분명하게 하고, 기억을 명확하게 하며, 평범한 일상에 특별한 의미를 부여합니다.

글쓰기의 본질이 자기 발견이며, 자기 발견이 삶을 특별하게 만들기에 글쓰기 교육에서 기교와 기법은 중요하지 않습니다. 정직하게 자기를 들여다보고, 자기 안의 이야기를 꺼내는 힘과 용기를 심어주는 것이 글쓰기 교육의 핵심입니다. 그러므로 글쓰기를 가르칠 때 '빨간 펜'은 버려야 합니다. 어휘와 어법, 문장과 개요 따위를 가르치려 들면 안 됩니다. 그런 것은 글쓰기에 재미를 느끼고, 글솜씨가 일정한 궤도에 오른 뒤에 하나씩 알려줘도 됩니다.

고양이의 글쓰기를 가르치는 다양한 방법

글쓰기를 가르치는 선생님은 배우는 이들(학생이든, 어른 수강생이든)에게 '고양이의 글쓰기'부터 가르쳐야 합니다. 그런데 '고양이의 글쓰기'도 한 가지 방법만 있는 게 아닙니다. 제가 앞서 설명한 것은 일반적인 방법입니다. 실제 글쓰기를 지도할 때는 다양한 방법을 사용해서 고양이의 글쓰기를 더 재미나게 즐기게 합니다. 이제부터 제가 수업 시간에 활용하는 다양한 기법들을 몇 가지만 소개하겠습니다.

사람을 관찰하기

『셜록 홈스』를 보면 왓슨과 홈스가 '관찰'에 관해 나누는 대화가 나옵니다. 왓슨은 홈스의 추리력에 감탄하면서 그 비결이 뭐냐고 묻습니다. 홈스는 '관찰하는 힘'이라고 답합니다. 왓슨이 별다른 생각 없이 보는 주변의 풍경이나 사람을 홈스는 예민하게 관찰하기 때문에 남이 보지 못하는 진실을 찾아냅니다. 홈스뿐 아니라 명탐정들은 다 뛰어난 관찰력으로 남들이 보지 못하는 걸 볼 줄 압니다.

글쓰기 실력을 키우는 가장 손쉬운 방법은 관찰입니다. 사람을 가만히 관찰하며 그 사람의 움직임을 따라서 씁니다. 아는 사람이어도 좋고, 모르는 사람이어도 좋습니다. 보면서 바로 써도 좋고, 본 걸 기억하면서 써도 좋습니다. 어떤 방식이든 눈에 보이는 대로, 감각이 지각하는 대로 글에 담습니다.

이 방식은 글쓰기를 마치 놀이처럼 재미나게 만듭니다. 흘려 봤을 때는 알아차리지 못했던 신기한 면들이 드러나며 즐거움을 선사합니다. 관찰을 자주 하다 보면 기억력도 향상됩니다. 관찰을 집중해서 하면 사소한 것도 잘 기억하는 힘이 생깁니다.

대화 나누고 쓰기

두 사람이나 세 사람이 짝을 짓습니다. 주제에 얽매이지 않고 자유롭게 대화를 나눕니다. 일정한 시간 동안 편하게 대화를 나누도록 둡니다. 정해진 시간이 지나면 대화를 멈추고 조금 전에 나누었던 대화를 글로 쓰게 합니다.

대화를 글로 쓸 때는 상황, 대화의 내용, 대화를 나누는 사람들의 표정과 몸짓, 나의 감정과 생각들을 같이 쓰는 게 좋다는 말을 덧붙입니다. 시간을 정해서 고양이처럼 자유롭게 글을 쓰게 합니다. 정해진 시간이 되면 발표합니다. 대화를 나눈 분들끼리 묶어서 발표하는 게 좋습니다. 그래야 같은 대화를 나눈 이들끼리 쓴 글을 바로 비교할 수 있기 때문이죠.

이렇게 글을 쓰고 나면 함께 대화를 나누었는데 서로가 기억하는 말과 대화에서 받은 느낌이 얼마나 다른지 깨닫습니다. 사람이 겪는 사건이나 경험은 결코 하나가 아닙니다. 사람이 어떻게 인식하느냐에 따라 전혀 다른 경험과 사건이 됩니다. 대화를 나누고 쓰는 연습은 내 시각에서 벗어나 타인을 이해하는 자세를 길러 줍니다.

하나의 이야기를 여러 사람이 이어가며 쓰는 방법입니다. 한 사람이 글을 쓰면 그다음 사람이 앞 사람이 쓴 이야기를 이어받아서 씁니다. 당연하지만 앞 사람이 만들어 놓은 설정을 바꾸면 안 됩니다. 앞 사람이 정해 놓은 설정과 전개를 어기지 않는 한도 내에서 재미나게 이야기를 펼칩니다. 그다음 사람은 다시 그 뒤를 이어서 씁니다. 이어쓰기를 하기 전에 말로 이어서 이야기해 보는 방법도 좋습니다. 말로 하다 보면 어떤 식으로 이어쓰기를 하는지 요령을 터득하기 때문입니다.

이 방법은 부모와 자식이 함께 글쓰기를 하며 재미나게 놀 수 있는 방법이기도 합니다. 수업에서는 다양한 방식으로 변형할 수 있습니다. 각 모둠별로 앉아서 계속 옆으로 공책을 넘기며 이야기를 이어가며 쓸 수도 있고, 하나의 설정으로 많은 사람들이 계속 이어가며 쓸 수도 있습니다. 어떤 방식이든 간에 앞 사람의 이야기를 아무런 상의도 없이 뒷사람이 이어서 전개하는 것은 동일합니다.

이 방식은 글쓰기를 놀이로 만듭니다. 직접 해보면 무척 재미있습니다. 또한 이어쓰기를 계속하다 보면 독해력이 어느 정도인지 드러납니다. 앞 이야기를 제대로 이해하지 못하면 그 뒷이야기를 전개하지 못합니다. 엉뚱한 이야기로 흘러가기도 하는데 이는 독해력이 부족할 때 나타나는 현상입니다. 그래서 이어쓰기를 반복하면 독해력이 자연스럽게 길러집니다. 타인의 성향과 생각을 읽는 안목도 길러집니다.

아무거나 늘어놓고 묘사하기

책상 위에 여러 물건을 늘어놓습니다. 규칙은 지키지 말고 자유롭게 다양한 물건을 전시합니다. 어떤 특별한 주제나 형상이 나타나지 않게 물건을 배치하는 게 좋습니다. 배치가 끝나면 자세히 관찰하게 합니다. 대화는 일절 못 하게 합니다. 움직이지 말고 자기 자리에서만 보게 합니다. 다 보았으면 글을 씁니다. 눈에 보이는 대로 묘사하게 합니다.

묘사를 다 했으면 거기에 제목을 붙입니다. 마치 대단한 설치미술이라도 되는 듯이 제목을 붙입니다. 그리고 그 제목을 붙인 이유를 쓰게 합니다. '뒤샹'이란 예술가는 흔히 쓰는 남성용 변기에 '샘'이란 이름을 붙였습니다. 그걸 본 사람들은 이게 무슨 예술품이냐고 비난했지만, 뒤샹의 '샘' 작품은 예술의 본질이 무엇인지 보여준 뛰어난 작품입니다. 예술은 다른 사람과 다르게 보기, 낯설게 보기입니다. 창의성이란 새로움을 만들어 내는 능력이 아니라 다른 사람과 다르게 접근하는 자세요, 시선입니다. 아무렇게나 늘어놓은 장면에서 의미를 찾아내면 그게 새로운 의미가 됩니다.

이 훈련법은 장면을 묘사하는 힘을 기를 뿐 아니라 의미를 찾아내는 능력을 기르게 합니다. 의미를 잘 찾아야 글이 더욱 빛납니다.

사각 틀 관찰하기

일상에서 글쓰기를 훈련하는 방법입니다. 먼저 사각의 틀을 마련합니다. 창문은 사각의 틀로 삼기에 매우 좋습니다. 딱히 구분하는 틀이 없으면 마음으로 일정하게 정해도 됩니다. 여기서 제일 유념해야 할 원칙은 일정한 기간에 늘 같은 틀을 유지해서 글을 쓰는 것입니다. 집이나 직장처럼 익숙한 생활공간에서 대상을 관찰합니다. 관찰하면서 써도 되고, 관찰한 뒤에 써도 됩니다. 꾸준히 시간과 날을 달리해서 반복해서 글을 씁니다. 사각 틀을 보며 글을 쓰면 관찰하는 힘이 길러지고, 서사와 묘사를 적절하게 섞어서 쓰는 훈련이 됩니다.

사각 틀 관찰하기 훈련은 그림이나 사진으로 대체해도 됩니다. 사진과 그림을 놓고 그걸 묘사하는 것이죠. 그림이나 사진은 글로 옮길 대상이 분명해서 초보자에게 조금 더 수월한 방식입니다.

관찰하고 추리하기

먼저 낯선 사람을 관찰합니다. 앞서서 설명했던 방식과 동일합니다. 관찰이 끝났으면 관찰 결과를 바탕으로 추리합니다. 그 사람이 어떤 사연이 있을지 상상해서 이야기를 만들어 봅니다. 셜록 홈스처럼 완벽하게 근거를 바탕으로 추리하지 않아도 됩니다. 조금 전에 관찰한 대상의 특성에 어느 정도만 맞으면 상상은 자유롭게 펼쳐도 됩니다.

이 훈련은 관찰과 상상의 힘을 동시에 키워줍니다. 이야기를 쓰는 데 필요한 논리력과 창의력을 기르는 데도 좋습니다. 조금 더 나아가면 그렇게 추리한 인물이 등장하는 이야기를 지어봅니다. 관찰, 추리, 창작이 하나로 엮이며 글 쓰는 재미를 부쩍 키워줍니다.

나를 들여다보기

관찰 대상이 밖이 아니라 안입니다. 내 안에서 일어나는 모든 것들이 내 관찰 대상입니다. 내 안에서 일어나는 감정, 느낌, 감각, 생각 들을 살짝 떨어져서 관찰하고 글을 씁니다. 나를 관찰하며 쓰기에서 제가 활용하는 방식은 크게 두 가지입니다.

첫째, 질문을 고정해 놓고 그에 대한 답을 날마다 똑같이 반복해서 쓰게 합니다. 예를 들면 '내 기분은 지금 어떤가?', '내 심장은 지금 무엇을 원하는가?' 따위로 질문을 만듭니다. 같은 질문을 정해 두고, 늘 같은 시간에 그 질문을 떠올리며 글을 쓰면 시간의 흐름에 따라 내가 어떻게 변화하는지 드러납니다.

둘째, 일정한 시간 동안 나에게 찾아온 모든 기억, 생각, 느낌, 상상을 관찰하고 쓰게 합니다. 그 방법은 다음과 같습니다. 먼저 스마트폰은 손에 닿지 않게, 눈에 보이지 않게 최대한 멀리 둡니다. 해야 할 일과 최대한 떨어집니다. 되도록 소리가 들리지 않는 장소를 고릅니다. 편안한 자세로 앉습니다. 차분하게 호흡을 가다듬습니다. 그리고 고요 속에서 눈을 감습니다. 차분하게 호흡하며 생각이 떠오르는 대로 둡니다. 감정이 올라오면 올라오는 대로 지켜봅니다. 과거의 기억이 스쳐 가면 스쳐 가는 대로 내버려둡니다. 황당한 상상이 날뛰면 그냥 그렇게 날뛰도록 방치합니다. 무엇이 오든 가만히 호흡하며 내 머릿속을 관찰합니다. 5~10분 정도 관찰한 뒤에 눈을 뜹니다. 바로 필기구를 듭니다. 조금 전에 나에게 왔던 생각, 느낌, 기억, 상상 등을 있는 그대로 씁니다. 꾸미려 들지 말고 조금 전에 떠올랐던 모든 것을 있는 그대로 기록합니다.

설정을 만들고 쓰기

먼저 재미난 설정을 떠올립니다. 모둠을 이뤄 설정을 만들어도 되고, 혼자서 설정을 만들어도 됩니다. 저는 글쓰기 수업에서는 모둠을 이뤄 설정을 만들게 합니다. 모둠에서 만든 설정을 바탕으로 각자가 쓰게 합니다. 하나의 설정인데도 글은 다양하게 펼쳐집니다. 설정은 자유롭게 만들어야 합니다. 엉뚱한 상상이 섞일수록 더욱 좋습니다.

◇ 내가 외계인을 만난다면

◇ 인간이 광합성을 한다면

◇ 아이가 부모를 선택해서 태어난다면

◇ 나이 스물둘, 어제 헤어지자는 통보를 받음.

　왜 차였는지 이유를 모름.

◇ 낯선 번호에서 전화가 걸려 옴.

　사람 말을 하는 고양이가 나타남.

　고양이가 내게 특별한 부탁을 함.

◇ 강한 충격이 왔음.

　의식을 거의 잃어감.

　마지막에 응급실이 보임.

설정을 바탕으로 쓰는 글은 상상력을 자극합니다. 글쓰기의 최대 장점은 뭐든 가능하다는 것입니다. 그 어떤 상상이든 글에서는 가능합니다. 설정을 바탕으로 한 글쓰기는 단순히 상상력만 자극하지 않습니다. 설정을 지키며 글을 쓰면 글 창작에서 필수적인 논리력을 기르는 데 큰 도움이 됩니다.

정해진 사람에게 하고 싶은 말 쓰기

말하고 싶은 대상을 정해서 글을 씁니다. 그 대상에게 전하고 싶으면 실제로 전해도 되고, 그냥 글쓰기만 해도 됩니다. 자기 안에 담긴 애기를 표현하기만 해도 충분합니다. 자기 감정을 솔직하게 풀어내야 속에 찌꺼기가 남지 않습니다. 감정의 찌꺼기를 제거하면 시원해집니다.

글은 표현의 수단입니다. 글쓰기는 자기 삶의 요구에서 출발합니다. 타인이 시켜서 하는 글쓰기는 즐겁지도 않고, 잘하기도 어렵습니다. 쓰고 싶어서 썼을 때 자신의 속생각이 고스란히 드러나게 되고, 그 솔직함이 글을 살찌웁니다.

압력밥솥에 김이 가득 찬 상태에서 뚜껑을 억지로 열면 뚜껑이 터집니다. 뚜껑이 터지지 않게 하려면 김을 미리 빼야 합니다. 대상을 정해서 솔직하게 자기 생각과 감정을 표현하면 속이 시원해집니다. 분노, 화, 억울함 같은 감정도 부드러워집니다.

글쓰기를 어려워하는 청소년들도 누군가에게 하고 싶은 욕을 마음껏 하라고 하면 거침없이 글을 씁니다. 억눌린 감정을 표출하고 싶은 욕구가 강한 만큼, 그 욕구를 표현하는 기회만 제공해주어도 글을 시원하게 씁니다.

내 일상의 일부를 글로 옮기기

하루 중에 어떤 시간을 선택합니다. 저는 대체로 10~15분을 고르라고 합니다. 그 시간을 가만히 떠올립니다. 세세하게 그 장면을 떠올린 다음에 글을 씁니다. 이 글쓰기 훈련법은 일상을 세심하게 기억하는 습관을 들이게 합니다. 특별한 순간이 아니라, 평범한 일상을 글로 옮기면서 글이 얼마나 일상을 특별하게 만드는지 깨닫게 합니다. 실제로 인생은 그렇게 특별한 일이 많지 않습니다. 평범하고 지루한 일상이 길게 이어지는 게 인생입니다. 그 지루함과 평범함에 가만히 돋보기를 대고 글을 써보면, 일상이 의미와 활기로 차오릅니다.

철학적인 질문에 답하기

생각을 깊이 해야 하는 질문을 붙잡고 글을 씁니다. 논술문처럼 격식을 갖춘 글을 쓰려고는 하지 마세요. 그냥 질문을 받고 떠오르는 대로, 고양이처럼 글을 쓰면 됩니다. 일상적인 고민보다 철학적이고 심오한 질문이 생각을 더욱 깊게 하고, 글을 쓰는 재미를 키워줍니다.

◇ 나쁜 것을 좋아해도 될까?

◇ 게으름은 비난받아야 하는가?

◇ 사람의 욕망은 끝이 없는가?

◇ 과거의 행복이 현재에 의미가 있는가?

◇ 온전하게 사람을 이해하는 것이 가능할까?

철학하는 일상이 삶을 풍성하게 합니다. 철학은 대단한 학자나 작가만 하는 게 아닙니다. 누구나 철학자의 자질이 있습니다. 살면서 인생의 진리 하나쯤 배우거나 깨닫지 않은 사람이 없습니다. 어릴수록 이런 질문에 대한 답을 해 봐야 합니다. 철학적인 질문은 글쓰기를 연습하는 매우 좋은 소재입니다.

자신이 잘 아는 지식 쓰기

자신이 잘 아는 지식을 남에게 설명하는 글을 씁니다. 돈이 되거나 대단한 지식이 아니어도 됩니다. 자기가 아는 지식이라면 그게 무엇이든 풀어서 씁니다. 잘 아는 지식이니 곰곰이 생각하거나 정리할 필요도 없습니다. 그 지식을 잘 모르는 사람에게 설명하는 마음으로 글을 씁니다. 게임, 만화, 놀이, 맛집 등 어떤 지식이든 괜찮습니다.

글로 써야 제대로 아는 것입니다. 글로 쓰지 못하면 그 지식은 자기 것이 아닙니다. 글로 자신의 지식을 풀어낼 수 있다면, 그 사람은 그 분야에서 전문가급 실력을 쌓은 것입니다. 특히 공부하는 사람은 자신이 아는 지식을 글로 쓰면서 정리해야 합니다. 글로 정리할 줄 알아야 그 분야에 대해 제대로 안다고 말할 수 있습니다. 글쓰기는 지식의 수준을 확인하는 최적의 방법입니다.

글을 보는 눈

이상으로 글쓰기 훈련법 12가지를 간략하게 설명했습니다. 이 외에도 다양한 방식으로 글쓰기를 훈련할 수 있습니다. 실제 수업에서 사용하면 확실한 효과를 확인할 수 있습니다. 개인적으로 글을 쓰는 분이라면 몇 가지라도 꾸준히 해 보면 나날이 느는 글솜씨를 직접 확인할 수 있을 것입니다.

모든 것은 문학이 될 수 있습니다. 진실이 담긴 사람들의 이야기가 곧 문학입니다. 기교와 표현에 주목하지 말고, 글의 진실에 주목해야 합니다. 그래서 글쓰기를 가르치는 사람은 글을 보는 눈을 바꿔야 합니다. 글의 형식과 표현에 주목하지 말고, 글에 깃든 진실을 발견할 줄 알아야 합니다.

아무리 글을 집중해서 본다고 해도 그 글에 담긴 진실을 다 알 수는 없습니다. 그러나 글에서 진실의 한 가닥이라도 잡아서 의식의 표면으로 끌어당길 수 있다면, 글쓰기를 가르치는 사람으로서 충분히 역할을 한 것이라고 봅니다. 진실이 우리를 아름답게 합니다.

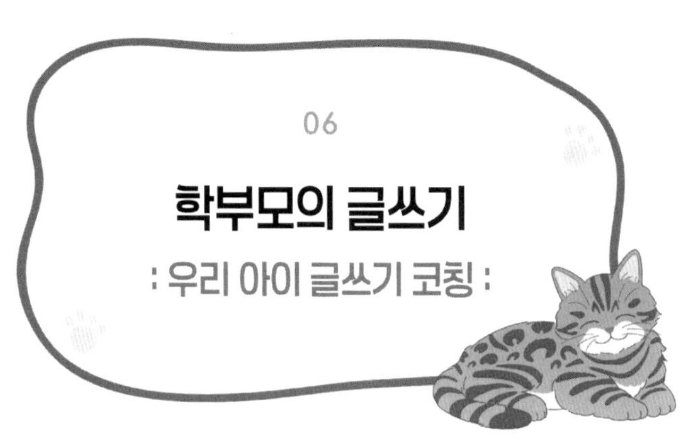

이 장에서는 부모가 직접 아이에게 글쓰기를 가르칠 때 도움이 될 만한 코칭법을 알려드리고자 합니다. 저는 글쓰기를 비롯해 공부는 되도록 부모가 직접 자식을 가르치면 안 된다고 생각합니다. 일찍이 맹자가 이에 대해 다음과 같이 말했습니다.

부모가 직접 자식을 가르치는 까닭은 자식이 올바른 인간으로 자라나게 하기 위함이다. 그런데 아이가 부모의 뜻대로 되지 않으면 부모는 화를 내게 되고, 자식은 마음이 상한다. 자식이 보기에 '부모는 나한테 올바른 사람이 되라고 하면서 부모는 나에게 화를 내며 다그치니 올바르지 않다'

고 생각한다. 부모는 자식이 제대로 안 하니 마음이 상하고, 자식은 부모의 태도에서 마음이 상한다. 그렇게 서로 마음이 상해서 관계가 나빠진다. 부모와 자식의 관계가 나빠지는 것보다 더 나쁜 일은 없다. 그래서 부모가 자식을 가르치면서 안 된다.[7]

현실에서 부모와 자식의 관계를 망치는 주범이 공부입니다. 부모는 자식에게 공부를 잘하라 다그치고, 자식은 그러한 부모의 말을 잔소리로 받아들입니다. 부모가 자식에게 공부에 대한 기대를 버리고, 공부에 대해 잔소리하지 않으면 부모 자식 사이의 갈등은 상당 부분 해소됩니다. 부모가 자식을 직접 가르치지 않아도 공부로 인해 관계가 나빠지는 데 직접 가르치면 어떨까요? 가르치다 보면 이런저런 지시를 하게 되고, 부모의 욕심만큼 습득하지 못하는 자식을 보면서 답답하고 짜증이 납니다. 자식의 처지에서도 부모에게 직접 배우면 여러모로 스트레스를 받습니다. 선생님에게는 하지 않을 행동을 부모에게 아무렇지 않게 합니다. 이러한 과정을 거치면서 부모와 자식 모두에게 나쁜 감정이 쌓입니다. 관계가 나빠질 수밖에 없지요.

그래서 저는 부모가 자식에게 직접 글쓰기를 가르치는 것은 되도록 피하기를 권합니다. 그럼에도 부모가 자식에게 직접 글쓰기를 가르치는 코칭법을 따로 알려드리는 것은 현실적으로 많은 부모가 아

이에게 직접 글쓰기를 가르치고, 때로는 글쓰기로 인해 갈등이 빚어지기 때문입니다.

이 장의 제목은 '학부모의 글쓰기'이지만 부제는 '우리 아이 글쓰기 코칭'입니다. 이렇게 소제목을 붙인 이유가 있습니다. 코칭이란 '개인의 목표를 성취할 수 있도록 자신감과 의욕을 고취하고, 각자의 잠재력을 최대한 발휘할 수 있도록 돕는 일'[8]을 말합니다. 즉, 코칭은 일방적인 가르침이 아니라 스스로 성장하도록 돕는 일입니다. 선생님은 학생에게 글쓰기를 가르쳐도 되지만, 부모는 자식에게 글쓰기를 가르치지 말고 코칭해야 합니다. 그래서 이 장의 소제목에 코칭이란 단어를 넣은 것입니다.

그렇다면 부모로서 자녀의 글쓰기 코칭을 어떻게 해야 할까요? 제가 알려드리는 다섯 가지만 기억하고 지키시길 바랍니다. 그러면 부모와 자식의 관계를 훼손하지 않으면서 글쓰기 코칭을 잘 해낼 수 있습니다.

첫째, 부모가 먼저 글을 쓰세요.

경험은 코칭하는 사람이 갖춰야 할 자산입니다. 그러니 부모가 자녀에게 글쓰기 코칭을 하고 싶다면 자신이 먼저 글을 써보세요. 글을 써보면 아이가 글을 쓸 때 어떤 기분인지, 무엇이 막막한지, 해결하기 위해서는 어떻게 해야 하는지 더 잘 헤아리게 됩니다. 잘 헤아리면 코칭도 쉬워집니다. 그래서 제가 권하는 방식이 부모와 자녀가 함께하는 글쓰기입니다. 앞서 소개한 이어쓰기는 부모와 자녀가 함께하기에 아주 좋은 방법입니다. 공책 한 권을 놓고 서로에게 하고 싶은 말을 쓰는 방식도 좋습니다. 글을 같이 쓰면 서로 글벗이 되기에 관계가 더 친밀해집니다.

둘째, 평가하지 말고 반응하세요.

제발, 평가하지 마세요. 아이의 글에 빨간펜을 대지 마세요. 잘 썼니, 못 썼니 말하지 마세요. 자녀가 글을 썼으면 그저 반응해야 합니다. 잘 썼다는 칭찬도 평가입니다. '재미있다, 흥미롭다'라는 말은 반응입니다. 반응이 어떤 것인지 잘 보여주는 이야기가 있어 소개합니다.

"그나저나 병규는 왜 예리를 찬 거야?"
내가 물었다.
"멍청하대."
"누가? 예리가?"
"응."
"예리가 공부를 못해?"

“아니. 공부 잘해.”

“근데 왜?”

“병규가 농담을 많이 하는데 예리는 병규가 하는 농담을 잘 못 알아들었나 봐. 잘 웃지도 않고.”

“흐흐흐, 그래서 멍청하다고 했구나.”

나도 모르게 웃음이 터졌다.

“병규가 예리보다 훨씬 성적이 나빠. 그런 병규한테 머리가 나쁘다는 이유로 차였으니, 예리가 자존심이 상했지. 예리는 차인 것보다 그 이유 때문에 더 화를 냈어. 나도 그래서 같이 장단을 맞춰줬고.”

웃음이 진정되지 않았다.

“엄마는 … 하하 … 병규 말이 … 큭큭 … 맞는 것 같은데 …, 머리가 나쁘면 … 농담을 이해하지 못하거든. … 크크크 ….”

웃음을 참으려고 했지만 참기 힘들었다. 내가 계속 웃으니 세아도 따라서 웃었다.

밥을 다 먹은 세아는 얼굴이 환해져서 자기 방으로 돌아갔다. 그릇을 치우다가 문득 깨달았다. 내가 조금 전에 세아가 가장 원하는 반응을 해주었다는 사실을…. 그렇게 노력해도 잘되지 않던 진정한 공감을 해주었다는 사실을….

출처 : 『내 딸이 고양이면 좋겠다』

평가와 반응이 무엇이 다른지 느낌이 오셨나요? 이 소설에서 엄마는 딸의 이야기를 듣고 공감이나 위로하려고 노력하지 않았습니다. 그냥 재미있어서 웃었습니다. 엄마의 '찐' 웃음을 접한 딸 세아는 엄마가 어떤 말을 하지 않았음에도 마음의 위로를 받았습니다. 친구(예리)로 인해 겪었던 속상함이 다 풀렸습니다. 이런 것이 반응입니다. 글을 읽고 위 소설의 엄마처럼 반응해주면 됩니다. 재미있으면 웃고, 슬프면 웁니다. 참신하면 놀라고, 신기하면 감탄합니다. 부모의 글쓰기 코칭은 그걸로 충분합니다.

셋째, 글쓰기로 놀게 하세요.

부모의 글쓰기 코칭은 글을 잘 쓰게 하는 데 초점을 두지 말고, 글쓰기를 즐기는 데 초점을 두어야 합니다. 즐기면 잘하게 됩니다. 제가 이 책의 첫머리에서 글쓰기를 잘하는 첫 비결은 '늘'이라고 했습니다. 늘 쓰려면 글쓰기가 삶으로 스며들어야 합니다. 글쓰기가 과제가 되고, 지적의 대상이 되고, 평가의 대상이 되면 글쓰기는 부담스러워집니다. 늘 쓰게 하려면 글쓰기가 재미있어야 합니다. 글쓰기를 놀이처럼 즐기게 해야 합니다. 그러니 아이들은 '고양이의 글쓰기'만 하면 충분합니다. 고양이처럼 즐겁게 다양한 놀이를 즐기듯이 글을 쓰면 아이들의 글쓰기 실력은 저절로 늡니다.

넷째, 정직한 글을 추켜세워 주세요.

이제까지 여러 차례 강조했지만, 글은 정직이 생명입니다. 글을 쓰는 사람은 솔직해야 합니다. 글을 쓰다 보면 그럴듯하게 포장하고 싶은 욕심이 들기 마련입니다. 멋진 말을 쓰고 싶은 유혹에 빠집니다. 멋져 보이고 싶은 마음이야 당연하지만, 그런 유혹에 빠지면 좋은 글을 쓰지 못합니다. 정직하지 못한 글은 남에게 감동을 주지 못합니다. 남도 남이지만 내 자신을 속이는 짓입니다.

글쓰기는 자기 고백입니다. 글쓰기는 솔직한 내면을 드러내는 행위입니다. 그래서 삶이 묻어나는 글이 좋은 글입니다. 솔직한 글은 남에게 감동과 공감을 안겨줄 뿐만 아니라, 자기 자신에게도 도움이 됩니다. 자기 상처와 아픔을 치료하고, 자기 한계를 되돌아보게 하며, 자기 삶을 풍족하게 합니다. 고백은 하기 전에는 두렵지만, 하고 나면 자신을 성장하게 합니다. 숨겨 놓을 때보다 훨씬 편안한 느낌이 듭니다. 자기 자신을 속이지 않는 글은 그 어떤 화려한 문장보다 뛰어납니다.

그러니 자녀가 솔직하고 정직하게 쓴 글에 반응하세요. 정직하게 자신을 드러낸 대목에 정직하게 반응하세요. 솔직하게 쓴 글에 솔직하게 반응하세요. 그보다 좋은 글쓰기 코칭은 없고, 부모와 자식의 관계를 좋게 하는데 그보다 훌륭한 방법도 없습니다.

정직은 친밀한 관계의 열쇠입니다. **정직보다 뛰어난 문장은 없습**

니다.

다섯째, 글씨체를 바로 잡아주세요.

글씨체가 엉망인 아이들이 많습니다. 글씨체가 엉망이면 좋은 글도 알아보기 힘듭니다. 글씨체 때문에 글쓰기를 싫어하는 애들도 있습니다. 무엇보다 글씨체는 학교 수행평가나 지필고사에서 무척 중요합니다. 글을 쓰는 자신감을 올리고, 학교에서 좋은 성적을 거두기 위해서는 좋은 글씨체가 필요합니다. 자녀의 글씨체가 엉망이면 잔소리를 늘어놓지 말고, 시간을 내어 바른 글씨를 쓰도록 이끌어주세요.

소설가의 글쓰기

: 듣기와 보기 :

저는 이제껏 철학, 역사, 학습법, 어휘 등과 같은 비문학 책을 40여 권, 청소년 소설을 40여 권 집필했습니다. 2024년부터는 어른을 위한 문학작품으로 영역을 확장했고, 동화도 도전하고 있습니다. 처음 책을 펴내면서 100권을 제 이름으로 출판해 보자는 목표를 세웠습니다. 처음 100권을 목표로 잡았을 때는 도저히 불가능한 꿈 같았는데, 어느새 80여 권을 펴내면서 100권이 그리 어렵지 않게 이룰 만한 목표로 가까워졌습니다.

언뜻 제 경력을 보면 국문학과나 문예창작과를 나왔다고 여길지도 모르겠지만, 저는 이과 출신이고, 우주의 비밀을 파헤치는 과학이 좋고, 생명과학과 뇌과학을 공부하는 게 재미있고, 수학 문제를 풀면 신이 납니다. 예전에도 그랬고 지금도 마찬가집니다. 이과 성향이 강한 제가 어떻게 해서 소설가가 될 수 있었을까요? 과학과 수학뿐 아니라 인문, 철학, 역사, 국어, 어휘, 심리를 다룬 책을 쓸 수 있었을까요?

저는 2001년 11월에 남자도 육아휴직을 보장하는 모성보호법이 통과된 뒤에 곧바로 남성 육아휴직을 신청했습니다. 지금에야 흔하지만, 그때는 매우 희귀한 사례였습니다. 아이와 함께 시간을 보내며 별의별 일을 다 겪었고, 이런저런 생각이 새롭게 일어났습니다. 다시 없을 경험과 생각을 놓치기 아까워 아이가 잠들면 바로바로 공책에 적었습니다. 그게 제법 쌓였을 때 신춘문예를 준비하던 친구가 툭 한마디 던졌습니다.

"책으로 내 봐."

흐르는 물 위로 나뭇잎 하나 띄우는 듯한 권유였습니다. 흘려보냈으면 그대로 사라질 말이었습니다. 그런데 이상하게 그 권유가 마음에 와닿았고, 그 계기로 책을 펴냈습니다. 제 이름으로 된 첫 책은 그렇게 탄생했습니다.

그 뒤로 두 권을 더 썼는데 판매는 신통치 않았고 전문적인 작가가 되기에는 역량도 부족했습니다. 그러다 출판 일을 하는 기획자와 인연이 닿았습니다. 그 인연 덕분에 이제껏 꾸준히 작가의 길을 걸을 수 있었습니다. 처음에는 학습법, 철학, 역사, 어휘 등 실용서 위주로 책을 펴냈습니다. 그때만 해도 제가 소설가가 되려는 목표는 전혀 없었습니다. 소설을 쓸 수 있으리란 기대도 안 했고, 소설가가 될 꿈은 아예 꾸지도 못했습니다.

한 해에 4~5권 정도 열심히 펴냈고, 판매도 제법 잘 되던 어느 날이었습니다. 그 당시 저는 청소년들에게 독서지도를 했는데 수업에서 활용하는 책이 마음에 들지 않았습니다. 제가 감히 평론할 위치도 아니고, 그럴 능력도 없지만 수업에서 사용하는 청소년 소설이 과도하게 한쪽으로 치우친 느낌이 들어서 불만이 많았습니다. 외국의 명작 청소년 소설은 제가 생각하는 치우침이 없었지만, 정서나 설정이 한국과 맞지 않아 수업에서 사용하기에 애매한 경우도 많았습니다. 우리나라 청소년들에게 적합한 청소년 소설에 대해 고민하다가 수업 중에 학생들에게 불쑥 제 속마음을 털어놓았습니다. 그때 제 말을 들은 한 학생이 툭 하고 한마디 했습니다.

"그럼, 쌤이 직접 쓰세요."

이번에도 그리 심각하지 않게 나온 권유였습니다. 그 순간에는 저도 웃고 넘겼습니다. 그러다 집에 오는 길에서 그 '직접'이란 단어가 회오리처럼 일어났습니다.

'내가 소설을 쓸 수 있을까?'

자신이 없었습니다. 그렇지만 해 보고 싶었습니다. 제가 한국 청소년 소설에 품었던 불만을 해소하는 방향으로 이야기를 써 보고 싶다는 열망이 일었습니다. 결심은 섰지만, 무엇을 쓸지 막막했습니다. 제 안에서 끊임없이 소재와 주제를 찾았지만, 발견하기 힘들었습니다. 밖으로 시선을 돌렸습니다. 독서지도를 하며 만나는 청소년들, 강연하며 주고받는 대화들에 주목했습니다.

그렇게 레이더를 세우고 주변을 관찰하던 어느 날이었습니다. 제가 만나는 제자 여러 명과 식사하던 중이었습니다. 요리가 제법 풍성했고 혀는 즐거웠습니다. 다들 맛있게 먹는데, 정면에 앉은 제자가 유독 밥을 행복하게 먹었습니다. 지켜보기만 해도 혀에 침이 돌고 저도 기분이 좋아졌습니다. 웃음이 걸린 얼굴을 사진에 담았습니다. 천국에서 밥을 먹는다면 아마 이런 표정이겠다 싶었습니다. 사진에 기쁨이 넘실거렸습니다.

"넌, 정말 먹는 거 좋아하네."

제 말을 듣고 그 제자가 자랑스럽게 말했습니다.

"전 학교도 밥 먹으러 가요."

그 문장을 만나는 순간, 기적이 일어났습니다. 제가 쓸 책의 제목과 소재가 번개처럼 떠올랐습니다.

'그렇지! 애들은 밥 먹으러 학교에 가지!'

그렇게 해서 저의 첫 청소년 장편소설, 『나는 밥 먹으러 학교에 간다』(행복한나무, 박기복)가 탄생했습니다. 제목 덕분이었는지 꽤 많이 팔렸고, 저의 대표작이 되었지요.

그 뒤에 잇달아 쓴 40여 권의 청소년 소설도 대부분 그러한 과정을 통해 탄생했습니다. 청소년들이 평상시에 하는 말에 귀를 기울이고, 그들의 관심사를 눈여겨보면서 소설의 소재를 찾았습니다. 한번은 제가 아는 50여 명의 아이들을 모두 한 권의 소설에 넣어 보기도 했습니다. 소설에서 한 반을 구성해야 했거든요. 각각의 캐릭터를 정확히 알고 있었기에 소설을 구상하기가 수월했습니다. 아이들이 지금과 다른 환경에 던져 놓으면 어떻게 반응하고 행동할지 상상하는 게 무척이나 즐거웠습니다. 그것은 새로운 세상의 창조였습니다. 마치 꿈을 꾸듯이 마음대로 구성하고 비틀며 노는 상상의 놀이터였습니다.

요즘은 어른을 위한 문학작품을 집필하는데, 청소년 소설을 쓸 때와 마찬가지로 주변의 이야기에 귀를 기울이고, 눈여겨 본 캐릭터를 제 소설 속으로 끌어들입니다. 물론, 있는 그대로 가져오지는 않죠. 작품에 맞게 재구성하긴 하지만 기본적인 바탕은 실존 인물입니다.

저는 성인과 청소년, 어린이가 참여하는 글쓰기 수업을 꾸준히 해오고 있습니다. 어린이 수업에서는 재미를 지향하고, 청소년 수업에서는 다양한 글을 쓰는 것에 초점을 두며, 성인 수업에서는 '보기와 듣기'를 강조합니다.

글쓰기 수업에 성인 참가자들이 처음 오면 저는 듣고 보는 과제를 꼭 내줍니다. 평상시에 다른 사람과 대화를 나누고 써 보라고 하지요. 녹음해서 녹취하라는 게 아니라 대화에 집중하라는 요구입니다. 대부분의 참가자는 생각보다 대화를 글로 옮기는 과제를 꽤 어려워합니다. 그 과정에서 새로운 깨달음을 얻기도 하지요.

"남편과 제가 대화를 그렇게 안 하는 줄 몰랐어요."

"제가 하고 싶은 말에만 신경을 쓰고 상대방의 말은 거의 안 듣고, 기억도 못 한다는 걸 알았어요."

"제 대화의 대부분은 학부모 상담인데, 그런 상담이 소통이라고 느껴지지 않아요. 그리고 보면 말은 참 많은데 참된 대화는 거의 없는 셈이에요."

"학생들에게 말은 많이 하는데, 그게 대화는 아니라는 생각이 들었어요. 그리고 보면 하루 중에 소통다운 소통을 하는 경우는 거의 없는 듯해요."

대화를 쓰려고 하면 알게 됩니다. 우리가 얼마나 타인의 이야기에 귀를 잘 기울이지 않는지, 참된 소통이 얼마나 어려운지, 그리고 무엇보다 같은 대화를 나누고 얼마나 다르게 기억하는지…!

가만히 바라보고 쓰는 과제도 비슷한 결과로 이어집니다. 우리는 어떤 사물이나 대상을 눈여겨보지 않습니다. 온 정신을 쏟으면 볼 때가 있기는 했지요. 아이를 막 낳았을 때 눈을 떼지 못합니다. 신생아의 작은 행동의 변화도 전부 알아채죠. 사랑하는 사람과 불꽃 같은 감정이 오가는 시절에도 비슷한 경험을 합니다. 상대의 손짓, 몸짓, 표정 하나가 전부 눈에 들어옵니다. 상대에게 온 정신을 쏟는 마음은 참 귀합니다.

미하엘 엔데의 소설 『모모』에서 주인공 모모의 능력은 단순합니다. '귀 기울여 듣기.' 모모는 그저 듣기만 하는데 모든 문제가 저절로 풀립니다. 잘 듣는 능력을 갖추었기에 모모는 회색 신사의 잔혹한 흉계에 빠지지 않고 회색 신사에게서 시간의 세계를 구해 냅니다.

이 책을 사서 보는 독자라면 분명히 글쓰기에 대해서 일정한 실력을 갖춘 분이라 확신합니다. 책을 제법 읽었을 테고, 글을 쓸 마음의 준비도 충분합니다. 어쩌면 소설을 써 보고 싶다는 욕심을 부리는 분도 있겠지요. 그런 독자에게는 솔직히 글쓰기 기교나 방법은 아무런 의미가 없습니다. 문장을 어떻게 쓰고, 구성을 이렇게 저렇게 하라는 권고 따위는 불필요합니다. 그런 당신에게 필요한 것은 딱 세 가지입니다.

첫째, 귀담아듣기!
둘째, 눈여겨보기!
셋째, 그리고 그냥 쓰기!

이 세 가지만 갖추면 여러분은 늘 글을 쓰는 사람이 될 수 있습니다. 쓰다 보면 소설가가 될지도 모르겠네요. 저는 글쓰기 훈련이나 교육을 받아 본 적이 없습니다. 어릴 때 책을 많이 접할 수 없는 환경에서 자랐습니다. 이과 계열이라 문학과는 거리가 먼 청년 시절을 보냈습니다. 그럼에도 위 세 가지를 꾸준히 실천했고, 소설가가 되었습니다. 그러니까 소설가가 되는 법은 간단합니다.

제게는 귀담아듣기에 대한 특별한 경험이 있습니다.

어느 겨울, 12월 31일이었습니다. 아이와 목욕탕에 가려고 차를 끌고 나왔습니다. 시골길을 가는데, 어제 내린 눈으로 인해 길이 좋지 않았습니다. 중앙선에 눈이 쌓여 꽁꽁 언 곳이 많았습니다. 조심하면서 가는데 시속 20~30km로 느리게 가는 유조차가 나타났습니다. 유조차가 하도 느리게 가서 무척 답답했습니다. 기회를 봐서 앞지르려고 했는데, 그때마다 반대 차선에서 차가 오는 바람에 앞지르지 못했죠. 그렇게 서너 번 비슷한 일이 거듭되었습니다.

그 뒤에도 계속 기회를 엿보았지만 앞지르기는 불가능했습니다. 어쩔 수 없이 유조차 뒤를 따르며 차를 모는데 오후 6시 57분이 되었습니다. 날은 그새 어둑어둑해졌지요. 그때 라디오의 DJ가 프로그램을 닫으며 멋진 말을 남겼습니다.

"새는 날아서 새해에 도착하고, 말은 달려서 새해에 도착하고,

달팽이는 기어서 새해에 도착합니다. 각자의 속도로 안전하게 새해에 도달하기를 바랍니다.”

“캬! 멋지네.”

그렇게 감탄하고 조금 뒤 다리를 건넜습니다. 유조차는 여전히 제 차 앞에서 느리게 갔습니다. 다리를 건너고, 유조차가 깜빡이를 넣었습니다. 앞지르라는 신호였습니다. 액셀을 밟았습니다. 반대 차선으로 넘어갔습니다. 빠르게 속도를 올리는데 갑자기 정면에서 차가 나타났습니다. 느닷없이 나타났기에 저는 너무 놀라서 운전대를 틀어 원래 차선으로 돌아가려고 했습니다. 유조차를 아슬아슬하게 앞질러서 무사히 원래 차선으로 들어가나 했는데, 차가 갑자기 팽~ 하고 돌았습니다. 아마도 도로 한가운데에 어제 내린 눈이 얼어 있었던 모양입니다.

차는 한 바퀴 옆으로 돌더니 균형을 잃고 도로 밖으로 튕겨 나갔습니다. 안전벨트가 바짝 조였고, 잠자던 아들이 놀라서 깨어났습니다. 차는 옆으로 한 바퀴 반을 굴러 추수가 끝난 지 오래된 논에 처박혔습니다. 제가 위쪽으로 먼저 빠져나오고, 차를 제자리로 세운 다음 아들을 꺼냈습니다. 아들의 몸 상태를 확인했습니다. 다행히 다친 데는 전혀 없었습니다. 제 몸도 멀쩡했습니다. 차는 엔진 쪽은 전혀 손상이 가지 않았고, 일부만 찌그러진 상태였습니다. 주변에서 괜찮냐고 물어보는 말에 애써 괜찮다고 응대했습니다. 전화를 걸어 사고 처리 차량을 불렀고, 아내에게도 소식을 전했습니다. 그렇게 응급 상황이 다 지나고 난 뒤, 제 뇌리에서 천둥번개가 울렸습니다.

"각자의 속도로 안전하게 새해에 도달하기를 바랍니다."

그 DJ의 말! 그 말은 저를 향한 충고였습니다. 겨울이니 조심해서 가라는 무거운 조언이었습니다. 길에서도, 인생에서도 각자의 속도로 가야 한다는 것을, 결코 욕심 내지 말아야 한다는 것을 알려주는 소중한 가르침이었습니다. 그 DJ의 말을 귀담아들었다면 위험천만한 사고를 겪지 않았을 것입니다. 그 DJ가 저를 위해 정성스럽게 건넨 말을 무시한 대가는 컸습니다. 다행히 차만 부서지고 아들이 무사했지만, 만에 하나 아들이 크게 다치기라도 했다면 그 죄책감은 이루 말할 수 없었을 것입니다. 그러면서 이런 생각이 들었습니다.

'그동안 살아오면서 내가 다른 사람 말을 제대로 듣지 않아 벌어진 불행은 얼마나 많고, 놓쳐 버린 기회는 또 얼마나 많을까?'

듣는 게 중요합니다. 잘 들으면 세상에는 온갖 기회와 행운이 널려 있습니다. 흘려들어야 할 말을 붙잡으면 사기를 당하고 사이비 종교에 빠지고 사업을 말아먹습니다. 정말 필요한 말을 정확히 알아들어서 가슴에 새기면 행운이 찾아오고, 관계가 깊어지며, 부유해질 기회가 옵니다.

전 소설을 쓸 때면 늘 귀를 기울입니다. 무엇을 쓸지 정할 때부터 귀를 기울입니다. 소설의 소재와 방향을 정하고 나면 신기하게도 주변에서 계속 그 소재와 방향에 맞는 이야기가 들려오고, 눈앞에서 소설에 써먹을 만한 일들이 벌어집니다. 참 신기한 일입니다. 아마도 그전에는 흘려보냈을 사건이나 말들에 주의집중을 한 결과인지도 모르겠습니다.

글쓰기에 관한 한 제게는 확고한 철학이 있습니다. 글은 머리가 아니라 손이 쓰는 것이라는 철학입니다. 자신의 의지로 어떻게 하겠다고 해도 글이 뜻대로 잘 풀리지는 않습니다. 글은 무의식의 영역에서 펼쳐지는 예술입니다. 창조는 계획적일 수 없습니다. 창조는 무작위이며 무한한 가능성 중 하나가 실체화되는 과정입니다.

글을 쓸 때, 소설을 구성할 때 저는 신(神)을 떠올립니다. 글은 내 머리가 아니라 신이 쓴다고 믿습니다. 제 삶에 스며든 수많은 신의 숨결이 제 손끝에서 움직인다고 믿습니다. 그 신의 숨결을 붙잡는 비법이 '듣기와 보기'입니다. 의지와 욕심이 사라질수록 글은 더 신의 뜻에 가깝게 구현되고, '보기와 듣기'에 충실하면 소설은 저절로 이루어짐을 믿습니다.

그리고, 또 믿습니다. 글로 창조한 소설은 그 자체로 하나의 새로운 세계임을…. 소설은 자기의 운명을 타고난 생명체임을…. 그러니 일단 낳았으면 어찌 되는지 지켜보면서 작가는 그저 새로운 창조에 몰두할 뿐임을….

그런 점에서 소설 쓰기는 아이를 키우는 일과 닮았습니다. 태어나는 것도, 자라는 것도 양육자의 의지와는 관련이 없습니다. 양육자는 그저 정성을 기울일 뿐 어떤 사람으로 자랄지는 아무도 모릅니다. 믿고 기다리고 지켜보는 수밖에 없지요.

이것이 바로 '고양이의 글쓰기'에 담긴 저의 철학입니다. 저는 지금 새롭게 집필하는 소설의 첫 문장을 씁니다. 그러고서 가만히 읽습니다.

"인생이 삐딱해지려면…."

이 문장을 고쳐야 할까? 적절한 첫 문장인가? 잘 모르겠습니다. 아직은 전혀 모르겠습니다. 어쨌든 일단 쓰기로 했으니 쓰겠습니다. 제 손은 도구일 뿐이니 도구로서 노동에 충실하게 임합니다. 고양이가 뛰어놀 듯이 신나게 달려가면 글은 저절로 피어나리라 믿습니다.

저는 이제부터 이 소설이 끝날 때까지 이 작품 속 인물이 되어 살기로 합니다. 모든 게 그 세계에 맞춰집니다. 흘러가는 소음에도 작품의 숨결이 살아나도록 귀 기울이고, 눈여겨봅니다. 작품의 마지막 마침표를 찍을 때까지, 저는 소설 안 세계에 머뭅니다.

이제

나는 씁니다.

나를 씁니다.

그렇게 나로 삽니다.

점술로 보는 글쓰기

　점에서 미래를 예측하는 방법에는 크게 네 가지가 있습니다. 수상(手相), 관상(觀相), 사주팔자(四柱八字), 주역(周易)입니다. 수상은 손금으로, 관상은 얼굴로, 사주팔자는 태어난 연월일시를 근거로, 주역은 점괘를 뽑아서 미래와 운명을 예측합니다. 방법이 다르기에 점술에서는 이에 대한 서열을 매겼는데, 다음은 점술의 서열을 보여주는 문장입니다.

　사주가 아무리 좋아도 수상보다 못하며,

　수상이 아무리 좋아도 관상보다 못하며,

　관상이 아무리 좋아도 심상보다 못하다.

점술에서는 심상(心相)이 으뜸이고, 관상(觀相)이 2위, 수상(手相)이 3위, 사주팔자(四柱八字)가 꼴찌입니다. 점술에서 서열을 이렇게 매기는 근거는 무엇일까요? 그 판단 근거는 인간의 '의지'입니다.

사주팔자(四柱八字)에서 '사주'는 네 개의 기둥이란 뜻으로 태어난 년, 월, 일, 시를 가리킵니다. 사주팔자는 내가 태어난 연월일시이므로 내 의지와는 아무런 관련이 없습니다. 태어나면서 주어집니다. 완벽하게 수동적입니다. 그래서 점술에서는 사주팔자를 가장 낮게 취급합니다.

수상(手相), 즉 손금은 내가 쥐고 태어납니다. 내 의지가 전혀 실리지 않은 사주팔자와 달리 수상은 무의식적으로 쥐고 나온 것이죠. 그래서 사주팔자보다는 수상이 높은 자리를 차지합니다. 수상 위에 관상(觀相)이 자리합니다. 얼굴도 의지와 상관없이 주어지니 쥐고 태어난 수상보다 단계가 낮아야 적절할 듯하지만 그렇지 않습니다. 자주 웃는 사람은 웃는 형상이 되고, 화를 자주 낸 사람은 화난 인상이 되며, 따뜻한 사람은 따스한 인상이 됩니다. 관상은 타고난 부분과 내 의지로 살아온 삶의 결합입니다. 이처럼 관상에는 사람의 의지가 반영되기에 수상보다 윗자리에 놓습니다.

심상(心相)은 마음의 형상입니다. 마음이 얼마나 착하고, 굳세고, 정의로운지 등을 보여주는 것이 심상입니다. 어떤 마음을 지니고 있느냐에 따라서 사람은 달라집니다. 관상이 살아가면서 만들어지는 것이기는 하나 자기 의지와 상관없이 주어지는 면이 많은 데 비해 심상은 철저히 자기 몫입니다. 따라서 심상이 관상보다 높은 지위를 차지합니다. 이제 왜 점술에서 심상을 으뜸으로, 사주를 꼴찌로 취급하는지 아시겠죠?

그런데 앞서 언급한 점술의 서열에는 주역(周易)이 **빠졌습니다.** 그렇다면 주역의 서열은 어디에 해당할까요?

주역을 대하는 자세에는 크게 두 가지 경향이 있습니다. 하나는 운명론으로 받아들여 미래를 예측하는 용도로 쓰는 것이고, 다른 하나는 인문학으로 받아들여 통찰력의 원천으로 활용하는 것입니다. 미래를 예측하는 용도로 주역을 활용하는 것은 적절하지 않습니다. 왜냐하면 주역의 점괘는 미래와 아무런 관련이 없기 때문입니다. 점괘가 어쩌다 미래를 맞힐 수도 있지만, 그것은 인지 오류이며 두뇌의 착각입니다. 따라서 주역의 점괘는 인문학적 통찰력으로 활용하는 게 적절합니다. 낯선 시각으로 고정관념을 깨면서 열린 마음으로 문제를 보게 하는 것이 인문학적으로 주역을 대하는 태도입니다.

인간은 어떤 특정한 시각에서 사태를 보는 경향이 있습니다. 다른 시각으로 문제를 못 보고, 몇몇 제한된 정보만을 판단 근거로 사용하다 보니 시각이 좁습니다. 그때 주역의 점괘는 다른 시각으로 문제를 보게 합니다. 고정된 시각에서 벗어나 참신한 시각으로 문제를 인식하게 도와줍니다. 예를 들어보죠.

주역에서는 인생이 잘 풀리는 점괘가 나오면 오만을 조심하라고 하고, 삶이 절망에 짓눌린 듯한 점괘가 나오면 희망을 보라고 권합니다. 곤란한 상황이 무조건 나쁘지 않고 그것을 배움의 기회로 활용하면 좋은 징조라고 해석합니다. 마음이 바르지 않은 사람에게는 행운이 위기의 신호가 되고, 마음이 곧은 사람에게는 위기가 발전의 기회가 된다고 봅니다. 이처럼 주역은 상황을 인문학적으로 해석하고, 그 해석에 적합한 태도를 갖출 것을 권합니다. 그래서 주역의 핵심은 '해석'이고, 해석은 곧 '심상'입니다.

글쓰기의 핵심은 무엇일까요? 바로 해석입니다. 어떤 사건이 벌어졌을 때 어떻게 해석하느냐에 따라 사건의 의미는 완전히 달라집니다. 앞서 불안을 평생 안고 살았던 분의 사례를 떠올려 보세요. 그분은 자신이 태내에서 죽을 수도 있었던 상황을 자기 불안의 근원으로 인식했고, 그에 따라 엄마를 원망했습니다. 그런데 엄마가 목숨을 걸고 자기를 낳는 큰 사랑을 베풀었다는 새로운 인식이 생기자, 그 큰 사랑에 오열했습니다. 인식이 바뀌니 같은 사건이지만 그 빛깔이 정반대로 변해 버렸습니다. 이처럼 어떻게 보느냐가 어떻게 사느냐를 결정합니다. 인식이 심상을 결정하고, 심상이 인생을 다르게 만듭니다.

글쓰기와 주역은 선택과 의미 부여라는 점에서 동일합니다. 글을 쓸 때면 어떤 소재와 사건을 선택합니다. 모든 것을 글로 옮길 수 없습니다. 글로 옮길 수 있는 것은 제한됩니다. 글 쓰는 이의 마음(심상)에 따라 글의 소재가 결정됩니다. 그리고 글을 쓰는 이는 나름 사건을 해석합니다. 그 해석에 따라 글의 빛깔이 바뀝니다.

글쓰기란 내 삶에 의미를 부여하는 행위입니다. 글쓰기는 삶을 객관적으로 서술하는 행위가 아니라 내 삶을 내가 어떤 태도로 받아들일까에 대한 선택의 과정입니다. 글쓰기는 객관적일 수가 없습니다. 글은 철저히 내 주관적인 판단과 사고와 느낌이 들어갑니다. 그래서 글쓰기는 심상을 다듬는 과정입니다.

글쓰기를 하면 심상이 바뀌고, 심상이 바뀌면 일상이 바뀌고, 일상이 바뀌면 습관이 바뀌고, 습관이 바뀌면 인생이 바뀝니다. 따라서 글쓰기는 더 나은 나, 더 성숙한 내일의 나를 창조하기 위해 내 마음에 씨앗을 뿌리는 정성입니다.

삶은 이미 아름답지만 글로 쓰면 더 아름다워집니다.
나는 이미 특별하지만 글로 쓰면 더 특별해집니다.

삶을 아름답게 살고 싶나요? 내 삶을 더 특별하게 만들고 싶나요? 그렇다면 지금부터, 고양이처럼, 자유롭게, 거침없이, 글을 쓰세요.

고양이의 글쓰기